Ganz unter uns Geschichten über Kölner und Imis

JÜRGEN BENNACK *(Hrsg.)*

GANZ UNTER UNS

GESCHICHTEN ÜBER KÖLNER UND IMIS

Mit Beiträgen von

Jürgen Bennack / Gertrud von Beschwitz

Ingeborg Drews / Karin Fruth / Gertrud Geimer

Gerhard Herkenrath / Dieter Höss

Gerda Kaltwasser / Heinrich Kronen

Wolfgang Oelsner / Peter Richerzhagen

Gerhard Uhlenbruck

J.P. BACHEM VERLAG

Die Deutsche Bibliothek -
CIP-Einheitsaufnahme

Ein Titeldatensatz für diese Publikation
ist bei der Deutschen Bibliothek erhältlich.

Auflage 2002

Reproduktionen, Typografie und Einbandgestaltung:
Reprowerkstatt Wargalla, Köln
Hans Schlimbach AGD, Köln
Druck: Druckerei J.P. Bachem GmbH & Co. KG Köln

Printed in Germany
ISBN 3-7616-1613-9

www.bachem-verlag.de

Inhalt

Mer Kölsche

Kölsche Typen

Siel, Hätz un Jemöt

Klüngel

Imis un Pimoke

Einleitung

GERHARD UHLENBRUCK

Als Mensch ist der Kölner auch nur ein Mensch

Wollten Sie nicht immer schon wissen, warum Ihnen am Verhalten der Kölner einiges ›spanisch‹ vorkommt? Das ist nämlich kein Wunder, auch die Spanier haben sich, als Besatzer eines Teils der Niederlande – und als solche gab es Beziehungen zu Köln –, an der Gestaltung des Kölner Milieus, namentlich an der des kölschen Dialekts beteiligt. Der Begriff »Baselemanes« ist dafür ein Beispiel.

Köln ist älter als Deutschland! Siedlungsplatz ist dieser Ort am Rhein nachweislich schon in der Steinzeit gewesen. Die Geschichte der Stadt beginnt mit der Ansiedlung von Fremden: den Römern und den mit ihnen verbündeten Ubiern; beide lösten die Kelten und Eburonen ab; sie bilden den Grundstock der Kölner! Die lange Stadtgeschichte bis hinein in die Gegenwart ist zugleich die Geschichte stetiger Verbindung zwischen gewachsener Stadtkultur und Einflüssen von außen. Die Römerherrschaft brachte Menschen aus dem gesamten Reich nach Köln: Die Thebäer, mit ihrem Führer Gereon in Köln verehrt, sind ein Beispiel für viele ›Fremde‹, die in Köln lebten und starben. Die einzige Bevölkerungsgruppe, die sich als solche über die Jahrhunderte hinweg bis auf den heutigen Tag in Köln erhalten hat, sind die Juden, 321 n. Chr. erstmals in Köln erwähnt [*vgl. den Beitrag von K. Fruth*]. Die Ubier gingen in den Franken auf; die Stiefmutter ihres Herrschaftsgeschlechts, Plektrudis, wirkte Anfang des 8. Jahrhunderts in Köln; am Ende des 10. Jahrhunderts Theophanu, die byzantinische Königstochter, Gattin von Kaiser Otto II. und Mutter Ottos III., die in St. Pantaleon begraben liegt [*vgl. den Brief an sie von P. Richerzhagen*].

Bedingt durch rege Handelsbeziehungen strömten in karolingischer Zeit und im Mittelalter wiederum Menschen aus ganz Europa nach Köln und hinterließen ihre Spuren: vor allem die Niederländer, die Spanier, die Engländer (Ursula, die Heilige, die Ursache für die 11 Flammen im

Stadtwappen, war eine englische Prinzessin). Köln, das den Einfluss des Erzbischofs schon im Mittelalter zurückdrängte, war zwar, wegen seiner vielen Heiligen, deren Reliquien und seiner zahlreichen Kirchen und Klöster, »et Hellije Kölle«, aber als freie Reichsstadt des Heiligen Römischen Reiches weniger Bischofs- als Bürgerstadt. Das 18. und 19. Jahrhundert brachte französischen Einfluss, nicht nur sprachlich, sondern auch durch Franzosen selbst, die nach Napoleon in Köln ›hängen blieben‹! Mit der Inbesitznahme Kölns durch Preußen – begleitet vom Streit des protestantischen Preußen mit dem Kölner Katholizismus und von Widersprüchen zwischen rheinischer Lebens- und Wirtschaftsweise und preußisch-absolutistisch-sparsamer Staatsdoktrin – öffnete sich Köln zumindest ökonomisch der Moderne, insbesondere einem säkularen Staatsverständnis und der modernen Industrie. Protestantische Fabrikanten (auch Nachfahren von Hugenotten) wurden – das war zuvor im katholischen und kurfürstlichen Köln nicht erlaubt – sehr zum Wohle der Stadt in Köln tätig. Der Zuzug von Menschen jenseits von Oder und Neiße als Vertriebene, von jenseits der Elbe als Flüchtlinge nach 1945 sorgte erneut für die Mischung der Kölner Bevölkerung, wie schließlich in neuester Zeit Zuwanderer, Gastarbeiter und Asylanten aus aller Herren Länder und aus ganz Deutschland.

Unser Buch will – ganz unter uns – den Kölner als Menschen zeigen. »Was ist der Mensch?« Das ist unter anderem eine biologische, philosophische, vielleicht sogar theologische Frage – wir weichen ihr aus! Aber es bewegt uns angesichts der recht gemischt zustande gekommenen Kölner Bevölkerung das Problem: Wer ist denn eigentlich Kölner?

In Köln geboren zu sein, das erlaubt gewiss den Anspruch, ein Kölner zu sein – und nimmt man die Geschichte der Stadt ernst, ist es egal, woher die Eltern kommen! Aber, wer von kölschen Müttern (zum Beispiel während der Evakuierung) anderswo geboren wurde, soll das kein Kölner sein?

Köln als Geburtsort – zumal ungenau, denn darf man zum Beispiel auch auf der »schäl Sick« geboren worden sein? – alleine kann zur Definition als Kölner nicht genügen.

»Sag ens ›Blotwoosch‹!« Die Beherrschung des kölschen Dialekts wird als weiteres Merkmal des Kölschseins angeführt. Aber wehe den vielen, die vielleicht in Köln geboren wurden, sogar mit kölschen Eltern und vielleicht sogar Großeltern, die aber dennoch das Kölsche nicht sprechen können. Sind sie etwa keine Kölner? Und weiter: Wie perfekt muss deren Kölsch sein? Ist etwa ein Sprachtest bei der »Akademie för uns kölsche Sproch« – die sich verdienstvoll der Sprech- und Schreibweise des heutigen Kölschs annimmt – zu bestehen? Ach ja, das Kölsch! Es wandelt sich, wie jede Sprache, im Laufe der Zeit. In diesem Buch finden sich Kölsch-Zitate aus verschiedenen Epochen. Das Kölsch ist auch gegenwärtig nicht einheitlich: G. Geimer zum Beispiel [*vgl. ihre beiden Geschichten in diesem Band*] schreibt in »Patrizier Kölsch«, einer Version des Dialekts in der gehobenen Bürgerschaft; P. Richerzhagen [*vgl. seine Beiträge hier*] ließ sein Kölsch von Heribert A. Hilgers ›absegnen‹, andere, wie ich, verlassen sich auf den »Wrede«, das Kölner Wörterbuch aus den 1950er Jahren.

Kölner ist, wer in Köln wohnt! Das ist kommunalpolitisch eindeutig! Aber ist Kölner nicht auch, wer ›aufs Land‹ oder ›in die Fremde‹ gezogen ist, seine Wurzeln aber in dieser Stadt hat? Und ist derjenige Kölner, der zwar in Köln wohnt – gleich welcher Herkunft –, aber eigentlich nicht Kölner sein will?

Die Frage »Wer ist Kölner(in)?« – man merkt es schon – ist objektiv nicht zu beantworten, also nur subjektiv! Kölner wird man durch einen Willensakt: Man muss Kölner sein wollen!

DIETER HÖSS

Echte Kölner

I

Eigentlich stammen sie ja
aus der Eifel, aus dem Vorgebirge,
aus dem Bergischen Land.
Aber wenn man sie
anderswo trifft und fragt, wo sie
herkommen, versichern sie alle
mit vielen stolzen l in der Stimme:
Aus Köllllllllllln!

II

In Köln am Rhing ben ich jebore –
singen sie. Aber in Wahrheit
stammen sie aus
Prüm oder Ruppichteroth.

Ming Mottersproch noch nit verlore –
behaupten sie. Doch wenn es
ihr Fortkommen will, reden sie
Hochdeutsch mit Knubbeln.

Zo Foß no Kölle jon –
wollen sie dem Liedtext nach.
Aber dann fahren sie
zum Wandern in die Eifel,
zum Winzerfest an die Mosel
und zum Kegeln an die Ahr.

III

Was ein waschechter
Kölner ist, der war
in seinem Leben
schon überall –
doch nie auf dem Dom.

Man ist Kölner – dies unsere These –, wenn man sich der Kölner Lebensart und -weise verschreibt. Schön, wenn man dazu in Köln geboren wurde und Kölsch versteht und spricht – schön, aber nicht Bedingung. Die Lebensweise, -einstellung und -führung, das sind die entscheidenden Merkmale.

In unserem Buch wird die Kölner Lebensart beschrieben – und das auf vielerlei Weise: In Prosa und Poesie, wissenschaftlich und alltäglich und von Personen unterschiedlicher Herkunft, die (wenn sie selbst es wollen) allesamt zu Kölnern im Sinne unserer Definition erklärt werden, auch wenn sie nicht aus Köln, sondern sogar aus Düsseldorf und anderswoher stammen.

Wir beschreiben und illustrieren [*vgl. die Fotos von I. Drews*] die Kölner in ihrer Lebens- und Vorstellungswelt als *Mer Kölsche* [*vgl. J. Bennack: »Funktionen des Kölner Humors«; I. Drews: »Köln – ein Objet trouvé«; D. Höss in verschiedenen Gedichten, G. Uhlenbruck in Aphorismen*]; als *Kölsche Typen* [*unter anderem G. von Beschwitz: »Pänz«, I. Drews: »Irmgard Keun;« H. Kronen: »Klaus Rohr«; D. Höss: »Faust«, »Thonett«, »Aussteiger«*]; *Siel, Hätz un Jemöt* der Kölner [*unter anderem G. Herkenrath und P. Richerzhagen zum katholischen Kölner, G. Geimer mit ihren Geschichten, W. Oelsner mit seinem musikalischen Stadtpanorama; ergänzt durch Aphorismen von G. Uhlenbruck und Gedichte von D. Höss*].

Wir sprechen vom *Klüngel* [*vgl. dort G. Uhlenbruck, und D. Höss*] und lernen: Klüngeln hält der Kölner – als harmoniebedürftig, gemütvoll und gemütlich beschrieben – für eine lässliche Sünde, es sei denn, die Oberen verklüngeln ihn, dann hört die Gemütlichkeit auf, dann wird er »rosich«. *Imis un Pimoke* schließlich, gewissermaßen als Gegenbild des Kölners, helfen – zum Teil von außen –, das Bild vom Kölner, das ja bei solch komplexer Materie niemals vollständig sein kann, zu schärfen [*vgl. dort G. Kaltwasser, D. Höss und G. Uhlenbruck*].

Nun prüfen Sie, liebe Leserin, lieber Leser, ob Sie so sein wollen – oder doch lieber Nicht-Kölner bleiben, mit mehr oder weniger Sympathie!

Köln, im August 2002

J. BENNACK
als Herausgeber

Mer Kölsche

DIETER HÖSS

Kölner Timing

Anderswo mögen
die Ersten die Letzten werden.
In Köln muss man schon
sehr, sehr spät erscheinen, um
der Letzte zu sein.
Das dadurch verlorene Viertel
ist zwar selten akademisch,
aber nach rheinischer Art
stets großzügig bemessen.

DIETER HÖSS

Weetschaff

Der Köbes kommt
mit dem vollen Kranz,
bleibt aber weit
hinter den Erwartungen
besserer Gäste zurück.

Auch der Halve Hahn
hält nicht, was sein Name
verspricht, klebt
stattdessen am Gaumen
und befestigt den Ruf,
den die rheinische Küche hat,
nämlich keinen.

Aber jeder Überlebende
schwört: In Köln lässt es sich
leben, wenn man nicht zu viel
verlangt und das Übrige
nimmt, wie es kommt.

GERHARD UHLENBRUCK

Für den Kölner ist die Kneipe eine Oase, auch wenn es dort, wie in jeder Oase, Kamele gibt, die zu viel trinken.

Auch im Kölsch liegt die Wahrheit – man muss nur tief genug ins Glas gucken.

INGEBORG DREWS

Köln – ein Objet trouvé

Nicht, dass der Kölner das Stimmungsvolle zu vermeiden in der Lage wäre, weil er ein ausgemachter Realist ist. Er sagt harsch die Dinge beim Namen, aber er schunkelt sich auch gerne ein in weinselige und bierwarme, besonders aber die Kölsch sprechende Gemeinsamkeit. Und diese verfolgt ihn, die rheinische Gemeinsamkeit, wohin er auch geht. Köln holt ihn ein.

Wer hier geboren ist, merkt es nicht gleich. Und wer in Köln lebt, merkt es auch gewöhnlich erst später. Der Kölner muss wandern. Am besten weit, per Pedes oder per Flug, muss im Ausland arbeiten, wegheiraten. Raus aus der Provinz, denn Köln ist ein Dorf. Wenn er wiederkommt, aus selbst kaum erkannten Gründen, wacht er eines morgens auf und weiß: Man kann Köln nicht verlassen. Diese Stadt gibt den Flüchtling nicht her, sie rennt ihm nach.

Wenn er in strebsamer Absicht ausgewandert ist, der Kölner, nach Amerika, und wenn er im Trump Tower in der Bar oben seinen Aperitif nimmt an einem schönen Nachmittag, dort in die großzügige Skyline blickt, kann es ihm passieren, dass eine innere Stimme sagt: »Un sinn der Dom so für mir stonn.«

Es kann noch hinzukommen: »Ich möch direk ob heim aan lenke, ich möch ze Foß noh Kölle jonn« – so unpraktisch, unamerikanisch und unvernünftig das auch sein mag. Innerlich sinkt er bei all dem spiegelnden Glas und Glanz in sich zurück, in seine bescheidenere provinzielle

Dimension, die traulichen Wünsche, in Traditionen, die viel älter sind. Und arbeitet er auch in einem Wolkenkratzer, denkt es – hier in diesem Büro in der 53. Etage, diesem Büro der Unruhe, des hellen Lichts, der Telefongeräusche und der Internationalität – plötzlich leise in ihm: »Es dat dann nix, Marie, es dat dann jar nix – e eijen Hüsje, dat nit vill koss, ne Stall voll Küchelcher met decke Büchelcher un nevvenbei e Pöstche an der Poss ...« Und er möchte weinen und weiß nicht warum.

Welchem New Yorker könnte so ein Liedchen einfallen? Ach, denkt er, vielleicht James Thurber. Der arbeitete lange für das Journal »The New Yorker«, er schrieb trocken und beschaulich, gewitzt und genüglich. Seine Bücher machten ihn berühmt, seine sonderbaren Karikaturen – weil er ja nur ein Auge hatte. Eines der Bücher hieß »Is Sex necessary?«. Dem rheinischen Menschen im New Yorker Büro geht durch den Kopf: Das hieße auf Kölsch: »Is dat Poppen nüdig?«

Da lebt also ein Kölner in Gods own Country und zeigt sich bisweilen so respektlos angesichts der Vereinigten Staaten, wie er daheim respektlos vor den Obrigkeiten war. Er hat sein unverständliches Kölsch in sich, hält insgeheim Zwiesprache mit imaginären Personen. Er macht Witze mit ihnen.

Lebt er nach der Flucht aus Köln in Paris, der Königin aller Städte, »La Reine«, wie die Franzosen sie nennen, so kommt ihm das Leben hier schon vertrauter vor. Besonders was die Frage »Is dat Poppen nüdig?« betrifft. Nach Paris hat sich der Kölner immer schon gesehnt, das wussten De Gaulle und Adenauer, sie hatten es in ihren langen Nasen. Der Kölner in Paris merkt etwas beschämt, dass die »Fisternölls« hier höflicher und galanter angebahnt werden. Weshalb die rheinischen Mädchen auch die Franzosen mögen, konstatiert dieser Mensch ärgerlich, wenn er kein Mädchen ist. Und: Auch im Dinieren sind sie feiner, gewählter; aber eigentlich liebt man hier die Natürlichkeit »wie bei uns ze Hus«. Es wird palavert und gelästert, herumgestanden, herumgesessen. Taucht in Paris ein Franzose aus dem Süden auf – dem Midi –, so hört es der Rheinländer sogleich: Aha, der spricht französisches Kölsch! So einer aus »Marsääje« zum Beispiel. Der singt wie wir, Midi hin, Midi her. Und diese von unten aus dem Midi sehen wie Mischungen aus Kölnern und Neapolitanern aus. Weiß der Himmel, wie sie das gemacht haben.

Adenauer, »dä ahle Indianer«, hat es »zurechtgevriemelt«, dass man mit Frankreich keinen Krach mehr kriegt. Wäre er aus Hamburg gekommen, ist fraglich, ob es so gut geklappt hätte. Auch, ob es dann die vielen

Au-pair-Mädchen nach dem Kriege gegeben hätte, diese Kölnerinnen, die so gut Französisch sprechen.

Nicht jeder Kölner weiß, dass ein französischer Philosoph über seine größte Vorliebe beim Denken geäußert hat: »... de frotter ma cervelle contre celle des Allemands«, womit er wohl den Wettstreit der französischen mit der deutschen Philosophie gemeint hat. Ein frankophoner Kölner übersetzte es mit: »Dä wollt sing Jeheens mit unserem Jeheens frottiere.«

Kölsch fühlt der Psyche auf den Zahn. Kölsch hat ein zupackendes Händchen, wie energische Mütter es haben.

Kölsch und Köln bedeuten den Denkern und den Analytikern ein Objet trouvé, geschenkte Rarität. Unter den Kölnern aber kann am besten der Wiedergekommene sagen, dass Kölsch eine besondere Sprache ist, eine Sprache, in die alles zu übersetzen sich lohnt. Kölsch bringt noch das Komplizierteste auf den Punkt. Ein rheinischer Psychologe bezeugt es: »Für die kurze Personenanalyse in Hochdeutsch brauche ich zwei Seiten. In Kölsch wäre es auf einer halben Seite zu machen.«

Die Selbstironie des Rheinländers ist für Entdeckernaturen inbegriffen in diesem Objet trouvé. Man muss zusammenhalten, obwohl jeder Jeck anders ist. Das heißt, man muss auch das Maul halten können, damit nicht zu viel Streit herrscht. Besonders, wenn »der andere Jeck« ein Biest ist. Erst auf dem Friedhof, hörte man, tat eine alte Frau den Mund wieder auf. Sie stand am Grab und sagte zu dem gerade Beerdigten: »Jetz häste mich dat janze Levve lang jeärgert – mohts Du nu och noch vür mir stirve!!?«

An dem Kölner als Realisten ist verwunderlich, wie sehr er das Absurde und die Übertreibungen liebt. Er hat es mit den Absurditäten, mit welchen man sich auch in Italien zu beschimpfen pflegt. Das mildert die Aggressivität. So kann einer den anderen anbrüllen: »Du halven Emmer Frühling!« oder: »Du avjerötsch Treppejeländer!« und ist damit seinen Ärger los. Der Fluch scheint sehr übertrieben, es weiß aber kein Mensch, worin die Beleidigung eigentlich besteht. Daher ist der Anwurf auch nicht zu kontern. Hier palavern römische Anteile mit- und gegeneinander.

Der Kölner liebt es, Ausflüge in den Kitsch zu machen. Geht man davon aus, dass der Kitsch und die Gefühlsduselei Formen der Flucht sind, so hat der ansonsten realistische Rheinländer großen Bedarf daran. Mit feuchtem Blick sollen Rheinländer im Kriege in Russland das bereits erwähnte Lied »Ich möch ze Foß noh Kölle jonn« gesungen haben. Der Kölner brauchte wohl als gefühlvollen Fluchtpunkt besonders dieses

Lied – Zu Köln am Ring ben ich jebore –. Er sang es in Russland und er singt es auch gerne auf Rheindampferausflügen, auf welchen eigentlich Dixielandmusik angesagt war. Zu Karneval wird das Lied von derben Schlagern umrahmt, wie zum Beispiel »De Mamma kritt alt widder e Kind« oder »Do lachst de dich kapott, dat nennt mer Camping«.

Das Heimatliche des Kölners ist privater Natur, wird aber im Karneval von Ausländern mitgefühlt und mitgesungen. Der Kölner denkt sich Heimat nicht verbunden mit dem chauvinistischen »Nur das Unsere« oder »Wir allein«, obwohl er sich gelegentlich auch in herbem und lächerlichem Lokalpatriotismus ergeht. »Eileen, sag ens ›Ömmel‹, sag dat rischtich, du bes doch e echt Kölsch Mädche, Eileen!«

Bekanntlich wird des Kölners Hang zum Höheren nicht in den religiösen, sondern in weltlichen Dingen befestigt. Die Namensgebungen verraten, dass wir es hier mit Demokratie zu tun haben. Warum sollen nur Adelige und Ausländer »Anne-Sophie« oder »Ricardo« heißen? Aber: je primitiver der Bildungsstand, desto klingender der Name. Solch ein Name bürgt für das Hohe und Schöne, in welchem das Kind gedeihen soll. Man begehrt aber umso mehr nach vornehmen Namen und Wörtern, je weniger man sie aussprechen kann. Doch der Kölner gibt seinem Kinde ein Etikett der Vornehmheit, ohne es auch danach erziehen zu wollen. Denn geht es einmal um die Probleme oder Konflikte der »höheren Schichten«, so sagt der Kölner ganz schnell: »Do hann isch nix met ze donn!«

Aber: Ist der Kölner friedfertig? Schon Heinrich Böll war der Bereitschaft zum Friedfertigen, die der Kölner hat, diesem himmlischen Nebengeleise, auf das man ihn schnell zu bringen vermag, auf der Spur. Er schrieb: »Der Kölner lässt mit sich reden.« Wenn ihm das aber alles zu viel wird, dem Kölner, macht er sich aus dem Staub und sagt, nicht etwa zu seinem Gegenüber, sondern zu sich selber: »Küste hück nit, küste morjen.«

Das Völkergemisch, das den Rheinländer geschaffen hat, und die vielen Obrigkeiten, die er hierbei zu ertragen hatte, haben seine Schlauheit und Hinterlist geprägt. Aber selbst in seiner Hinterlist und Scheinheiligkeit ist er noch selbstironisch. In keiner anderen deutschen Mentalität ist die – dem Engländer so verwandte – Selbstironie, dieses Lächelnde über sich selbst und des Lebens Ungeschick (also der »Grielächer«!), zu finden. Der Grielächer gehört zu dem Überraschenden, das dieses Objet trouvé zu bieten hat.

Der Kölner kann zugeben. Das Unverhohlene zeichnet ihn aus. Man höre sich nur das Nachkriegsliedchen »Mir woren all en dr Partei ...« an. Der Kölner übertreibt auch – neben dem Unverhohlenen – das Gegenteil, das Überspielte. Also – seine Scheinheiligkeit. Er hat von beidem reichlich und beides gibt er zu. Hier rief man nach dem Kriege nicht: »Wir haben nicht!«, »Wir haben nichts gewusst!« Der Kölner rief: »Mir woren all en dr' Partei!« Die ganze Familie. Und gleich danach erschallte, zu Gitarre und Klavier: »Jetz sinn mehr all entnazifiziert! Minge Vatter, ming Mutter, minge Broder, ming Schwester.« Und dann kam, was der Kölner unter all den Vorkommnissen und Anpassungen wirklich dachte: »Ob ene Brell oder en Plaat, ob ene Schnäuzer oder Bart, met uns hann se lang genoch de Aap jemaht!«

Mit seiner Kürze übertrifft er jedes Kabarett-Programm. Sobald der Kölner den Mund aufmacht, zeigt sich das Entlarvende, das seinem Dialekt gegeben ist. Sartre hat über das Schreiben (die Schriftstellerei, wenn sie gut sei) gesagt: »Schreiben ist Handeln durch Enthüllen.« Der Kölner enthüllt, sobald er den Mund auftut. Wenn er nicht enthüllen darf, hält er den Mund geschlossen. Hätten die Nationalsozialisten ihre Gesetzeskreationen in Kölsch abfassen müssen, hätte die Nation laut gelacht.

Nichts eignet sich weniger zu Demagogie als die »kölschen Tön«, das Volk ruft damit aus: »Hür op, mach nit esu e Spill!« Die »kölsche Tön« sind jedoch auch drastische Töne, manchmal vulgär. Da gibt es ein Liedchen über die Freuden des Stuhlgangs: »Losst uns dat Leedche vun dem Kacken singe ...« Wenn der Peruaner Mario Vargas Llosa seitenlang einen Mann und sein abendliches Badezimmerritual inklusive des Stuhlgangs als dessen geradezu hehres Privatvergnügen beschreibt, erfreut man sich der delikaten Worte. Worte, mit denen er sozusagen die ordinären, alltäglichen und dem Menschen vor anderen peinlichen Vorgänge beschreibt. So etwas ist dem Kölner fremd. Vielleicht ist der Kölner zu direkt, um überhaupt beschreibend sein zu können. Der Kölner stößt aus, packt zu – oder bleibt wortfaul. Noch direkter die Töne in dem Karnevalslied über Mann und Frau: »Scheißejal, scheißejal, ob du Hohn bes oder ne Hahn, wenn du e Hohn bes, musste Eier läje künne, wenn du ne Hahn bes, musste op de Höhner klemme künne!« Man beachte den Vergleich. Hier wird beschrieben, dass quasi die Aufgaben gleich schwer zu tragen sind, die weiblichen und die männlichen. Ein Kind zu gebären also ebenso schwer, wie eine Frau zu besteigen? Mann und Frau müssen beweisen, dass sie es können, da hilft keine Haarspalterei. Können!

Zu den Aborten
TELEFON
PAPA JOE

Jeder das seine. Das macht nachdenklich, überhaupt macht des Kölners unkonventionelle Sicht oft nachdenklich. Es ist, als ob er das Direkte erfunden hätte. Und er ist oft auch noch »schnüssig« dabei, was die Schockwirkung beim Zuhörer sicherstellt.

Der Kölner ist nicht brav. Er wirkt auch nicht sehr religiös, obwohl Köln so viele herrliche Kirchen hat. Vielleicht ist er ein geheimer Atheist, aber einer besonderer Art und aus besonderen Gründen. Er hätte lieber kölsche Götter. Er will keine fremde Obrigkeit. Das Katholische hat jedoch Vorteile. Es ist wie Karneval, und den Karneval hat man dem ja auch zu verdanken. Es ist zugleich einer Kirmes vergleichbar. Prozessionen, es wird gesungen und Kostüme werden angelegt, schöne Gesten gepflegt, alles ist feierlich – das hat schon was. Man bimmelt, wie mit dem Schellenbäumchen beim Umzug.

Wird etwas gefeiert, ob die Muttergottes oder ein Geburtstag, ist das gut. Was, ist dem Kölner egal. Er will sich immer beeilen mit der Arbeit, wenn es danach noch was zu feiern gibt. Aber er arbeitet gründlich, wenn ihm auch das Schludern nachgesagt wird. Der Kölner ist ein Verkannter. Er mag nicht künstlich sein, darum drückt er sich oft vor Aufgaben der Diplomatie, wenn sie Künstlichkeit verlangen. Seine Art Diplomatie liegt im Schweigen. Oder im gewissermaßen indischen Nichtvorhandensein. Nur ein »Imi« nennt das Unzuverlässigkeit.

Der Fremde spürt in Köln östliche Weisheit und kann sich nicht erklären, warum. Denn das alles passt nicht zusammen, das Direkte, das Schlaue, das Scheinheilige und das Nichtvorhandensein. Schlauheit, Schweigen und Nichtvorhandensein des Kölners sind Resultate schwerster Prüfungen. Sich arrangieren müssen, das kennt er. So ist diese Denkweise der eines Künstlers vertraut, das ist hier mehr als in allen anderen deutschen Mentalitäten erkennbar. Der Künstler steht auch unter dem Joch des täglichen »Arrangements« mit dem Publikum, das er selten liebt; er hat angenehm zu sein, sonst gehen die ohnehin schwierigen Geschäfte nicht. Er macht Menschen seine Aufwartung und Komplimente, oft Menschen, die dümmer sind als er. Er muss sich zurückhalten, der Kölner.

Es wird berichtet von einem, welcher – von seiner toten Mutter erzählend – ausgerufen haben soll: »Keiner hat begriffen, wie göttlich link sie war!« Das Wort »link« ist ursprünglich das Gegenteil von »rechts«, und es bedeutet etymologisch aus dem Mittelhochdeutschen (»linc, lenc, lenca«): linke Hand oder mit linker Hand, ungeschickt, linkisch, hinkend. Linca =

der Hinkende. Vielleicht bedeutet das speziell kölnische »link sein«, dass der Linca sich schlau verhält und sich eine Krücke, ein Mittel, eine Hinterlist erfindet, etwas, das ihm zur Erleichterung des Lebens verhilft. In diesem Sinne ist die Kölner »linke Schlauheit« eine Kunst, die keinesfalls besagt: »Weh dem, der lügt«, sondern (wie die klugen Griechen auch schon wussten – List gehört zum Leben): »Lügen sollst du, aber gut!«

Ein weiterer Zweig dieser Haltung ist: »Wer fuul is, muss och schlau sinn.« Er beschreibt des Kölners Liebe zum Dolce far niente. Nicht-Kölner (zum Beispiel Menschen aus dem Norden) können, wenn es sie nicht zu sehr abstößt, von ihm lernen. Das Objet trouvé kann Andersdenkende geradezu neapolitanisch umgestalten und der in dieser Weise Verbogene wird nach der Umgestaltung auch dem Fressen und dem Gesange frönen wie ein Italiener.

Kaum einer aber lernt es, Kölsch zu sprechen. Arabisch wäre einfacher. Niemand kann erkennen, warum das so ist. Mag sein, dass das Kölsche so mit dem Direkten identisch ist, dass es den Fremden beim Lernen zutiefst abschreckt.

Ein anderes Kapitel ist das »Dummspielen« der Kölner. Als Beispiel die Beschreibung geheimer Gedanken, welche ein Kölner bei der Begegnung mit einem Vorgesetzten gehabt haben soll: »Ich läje mich met dem nit aahn, dä nemb sich ze wichtig. Ich dunn blöd und doof, dat koss mich winniger Kraff. Et lohnt sich nitt, met däm ze strigge, mer kann däm us em Weg jonn.« Ein anderer Kölner dachte in ähnlicher Situation: »Der, un üvverhaup sujet – soll mer ehts jar nitt ignoriere!« Der erste geheime Denker fügte seiner inneren Rede noch hinzu: »Ben isch dä Doof, räg *der* sich opp. Dem Kääl künnt isch doch nur Schmier jeven, damit de Maschien läuf.«

Der Kölner sieht und schweigt. Das sind die »speziellen kölnischen Pausen«. Er macht sich seinen Reim auf das Erblickte. Das widerspricht seinem Ruf als »Quatschkopp«. Er kann etwas für sich behalten, aber: Er ist im Dummspielen von einer die anderen strapazierenden Ausdauer. Er spielt den Dummen über das Maß hinaus. Ein Maß, in welchem jeder andere das Dummspielen langsam für noch schädlicher hält als die Meinung zu sagen. Wenn sich der Kölner erst ins Dummspielen verbissen hat, merkt man bis zu seinem Ende nicht, dass er gar kein Dummer war. Dies scheinbar Einfältige ist der Widerspruch zu des Kölners Direktheit. Er weiß, er muss durchhalten, viel Schweres. »Wat mer erläv hätt, hätt mer hinger sich.« Und er will herausfinden, wie er das am besten bewerkstelligen kann. Oft ganz gut ohne Stellungnahme. Er hat eine Scheu davor, unnütz zu erklären, will auch keinesfalls jedem etwas berichten. Und der Kölner verachtet das Dozieren, ebenso die Haarspalterei.

Er ist kein Schwejk, auch kein dummer August. Das Verkanntwerden ist er gewohnt, vielleicht fördert er es sogar. Der Kölner muss in bestimmten Lebenslagen dummspielen, damit sie, diese Lebenslage, für ihn auszuhalten ist. Einem Klugen wäre sie zu peinlich. Also gibt er einfach nicht zu, dass er sie erkennt. Das betrifft alle Situationen, in welchen er »dienlich« sein muss – was er hasst. Oder wenn er seine Meinung nicht sagen darf, weil ihm das offenkundig zu sehr schaden würde. Situationen, in denen er sich »Umständen zu untergeben hat«, zum Beispiel bei »Höhergestellten«. Dann steht er bockig stramm in seinem Angelegten: »Bin sowieso zu doof, es zu begreifen.« Das entlastet ihn.

Im Dümmlichen, im »Linken«, im Nicht-Dabeisein steckt das rheinisch Berechnende. Und im Friedfertigen! Der Kölner gewinnt dem Leben die gute Seite ab. Er ist geschickt in seinem Abgewinnen. Des Kölners Mathematik bleibt aber stets geheim. Er wandelte Mathematik in Psycho-Mathematik um. Was kluge Philosophen erkannt haben, macht er auf seine einfache Weise. In den Beziehungen wirkt diese Mathematik gedeihlich, sein Rechenwerk hat ja nicht nur den eigenen Vorteil im Sinn. Er ist bedacht, dass er in allem »richtig rechnet«, zu Hause, im Geschäft, in jedem Beruf. Das heißt, indem er richtig und zur rechten Zeit: addiert, subtrahiert, multipliziert und teilt. Er will das Zwischenmenschliche richtig berechnen, damit das Stimmige hervorkommen kann! Denn nur mit diesem Stimmigen kann er dem Leben etwas abgewinnen, das weiß er. »Mach et joot, wenn et joot jeht, verrechne dich nit! Der Dreck kütt vun allein widder.« Das »merkantile Rheinland« kann man von vielen Seiten her bestaunen.

Von Philosophie und Hellsehen, Lebenserfahrung, diversen Ansichten kann man auch andernorts hören. Aber in dem hier beschriebenen Objet trouvé ist auch des lustigen Kölners besondere und sonderbare Entscheidung gegen das Unglück zu finden. Es handelt sich um eine Art positiver Resignation.

Das lauernde Unglück ist gemeint, von welchem die Engländer sagen, dass es noch zwischen Lippe und Tasse Raum hat. »Between the lip and the cup is a space left for unhappiness ...« Der Kölner hat zwei Stufen, auf denen er sich dem, diesem lauernden Unglück stellt: »Et es noch immer joot jejange«, belügt er scheinbar sich selber – so lange es geht.

Und das heißt: So lange er lebt. Er schätzt das Leben über alles. Dass er überhaupt lebt, heißt schon: Es ist gut gegangen! In Prag sagt man Ähnliches: »Gar nicht gegangen ist es noch nie ...« Voilà, da hat man zusätzlich das Östliche.

Dagegen meinte Bert Brecht, welcher in einem ganz anderen Ton sprach: »Ja, mach nur einen Plan, sei nur ein großes Licht. Und mach dann noch 'nen zweiten Plan – gehn tun se beide nicht.« Dem, was Brecht aussagte und welches die eher simple Sprache der Erfahrung ist, wird der Kölner doch noch seine Schlauheit entgegenbringen: Dann sollst du eben keinen Plan mehr machen!

Steht etwas an, das im Alter noch eine Entscheidung fordert, die wieder ein Scheitern mit sich bringen könnte, sagte der alte Kölner – und sich bescheidend mit den Gelegenheiten, die er schon hatte – : »Dat soll mer ets jar nit anfange! Dann bruch mer dat och nit aan en Engk ze bränge.«

Und das ist das Ende meiner Geschichte von Köln, dem Objet trouvé. So nennt man ein Ding, das ohne Plan, aber mit Glück gefunden wird.

GERHARD UHLENBRUCK

Kölscher Humor

Was dem Kölner Spaß macht, das nimmt er auch ernst.

Der kölsche Humor ist ansteckend, nur sind die Inkubationszeiten bei jedem recht unterschiedlich.

Der Kölner Humor extemporiert – ganz ohne Tempo aus dem Bauch heraus.

Da der Kölner auch die komischen Aspekte des Lebens in Betracht zieht, hat er immer was zum Lachen.

Für den Kölner ist Lachen der Reflex eines reflektierenden Humors.

Der Kölner Humor ist weniger übertrieben lustig, sondern wirkt mehr durch lustige Übertreibung.

Wenn der Kölner nichts mehr zu lachen hat, muss man allen Ernstes mit seinem Humor rechnen.

Der Witz bewirkt Gelächter, der Humor bewirkt ein Lächeln.

Der Humor ist für den Kölner ein Speicher menschlicher Wärme, um in einer gefühlskalten Welt überleben zu können.

Der Kölner betätigt sich mit seinem Humor als Alchimist: Aus einem stahlharten Herzen will er ein Herz aus Gold machen.

Mit seinem trockenen Humor kann der Kölner sogar denen das Wasser abgraben, die nahe daran gebaut haben.

Der Witz repräsentiert für den Kölner die absolut gewaltfreie Form der Opposition.

Der Kölner weiß, dass die Wahrheit oft absurd ist,
aber sein Humor sorgt dafür, dass er damit leben kann.

Der Kölner hat Sinn für Humor im Leben,
aber auch Humor für den Unsinn im Leben.

Humor ist gesund, sagt der Kölner,
auch wenn man sich dabei kranklachen kann,
denn das, was einen krank macht, wird dadurch krank –
und kränkt einen nicht mehr!

Für den Kölner ist das Drama des Lebens eine tragische Komödie,
deren aufrichtiger Humor ihn aufrichtet.

Humor ist der Stoff, aus dem das gute Nervenkostüm des Kölners geschneidert ist.

Humor ist wie ein ruhender Pol für den Kölner –
und genau das ist der springende Punkt.

Phönix aus der Asche, das ist für den Kölner der Pechvogel,
der sich als Spaßvogel wieder erhebt.

Der kölsche Witz ist manchmal wie ein Blitz, der das Feuer der Liebe entfachen kann.

Für den Kölner ist trockener Humor mentale Nahrung für die Durststrecken des Lebens.

Tiefstapeln ist eine Quelle des Kölner Humors,
Hochstapeln kennt er dagegen nur vom Hochwasser am Rheinufer.

Der Kölner Humor zieht gerne die Schokoladenseiten des Lebens durch den Kakao.

Für den Kölner ist Humor das Immergrün
auch für den Herbst des Lebens.

Um möglichst lange zu leben, meint der Kölner,
sollte man sich täglich einmal totlachen.

Tierischer Ernst hat für den Kölner etwas Unmenschliches.

Wenn man schon Dummheiten anstellt, denkt sich der Kölner,
soll man sich dabei nicht auch noch dumm anstellen.

Reden ist Silber, sagt der Kölner, und deshalb sollte man seine Worte
nicht auf die Goldwaage legen.

Wenn man mit dem Kölner deutsch reden will,
antwortet er ausweichend – im Dialekt.

Auf Kölsch kann man schon mal eine Lippe riskieren,
wo man auf gut Deutsch den Mund halten müsste.

Der Kölner ist nicht auf den Mund gefallen und
logischerweise demnach auch nicht auf den Kopf!

Wenn der Kölner seinen Humor verliert, wird er
auf komische Weise sentimental.

Wenn Humor die Hand im Spiel hat,
hat man auch das Spiel in der Hand.

Der Kölner platzt nicht vor Lachen, wenn am falschen Platz gelacht
wird, denn nur zu oft liegt er selbst daneben.

Der Kölner Humor produziert Lachsalven,
die sogar einen Ehekrieg beenden können – vorübergehend.

In Köln kann man was werden, ohne was zu sein,
und was sein, ohne was zu werden.

Humor, das ist auch die Sprachlosigkeit des Lachens.

JÜRGEN BENNACK

Funktionen des Kölner Humors – mit Beispielen aus kölscher Poesie[1]

Rechtfertigung

Der Autor dieser Zeilen ist Pädagoge. Wenn Sie, liebe Leser, sich wundern, dass ein Pädagoge über Humor spricht, müssen Sie wissen: Pädagogen sprechen über alles; über Humor aber sollten sie sprechen, denn Humor ist Kultur, Humor ist Lebensart – beides ist Grundlage und Ziel pädagogischer Arbeit.

Was nun meine persönliche Legitimation zu diesem Text angeht: Ich bin in Köln geboren; allerdings weise ich zwei erhebliche Mängel auf: Mein Geburtsort ist Köln-Kalk, d.h., er liegt auf der »Schäl Sick« und – viel schlimmer – ich besitze nicht die normale Konfession des Kölners, ich bin evangelisch!

I. Kölsch als Sprache

Kölsch ist eine komplette Sprache. Es besitzt einen eigenen Wortschatz, den Adam Wrede in drei Bänden 1958 herausgegeben hat. Er spiegelt die zweitausend Jahre lange, reiche und wechselvolle Geschichte der Stadt wider. Geschichte und Sprachschatz sind geprägt von der römisch-germanischen Herkunft der Stadt, von ihrer bedeutenden mittelalterlichen Stellung als Bistum und größte Metropole nördlich der Alpen, beeinflusst von ihrer Funktion als Handelszentrum mit vielerlei Kontakten, vor allem in die Niederlande, und von der Tatsache, dass sie oft auch eine besetzte und beherrschte Stadt war, mit Einflüssen unter anderem aus Spanien, Frankreich und Preußen. Der Grundbestand der Wörter entstammt dem Alt- und Mittelhochdeutschen; hinzu kommen lateinische, germanische, niederländische, italienische und französische Wörter sowie besondere Wortschöpfungen.

Hier seien einige wenige sprachgeschichtliche Zeugnisse, meist aus kölschen Parodien,[2] vorgestellt:

»Mach Dich parat«, heißt es in der Parodie auf Ludwig Uhlands *Des Sängers Fluch*; »parat« kommt vom lateinischen »parare« und bedeutet »fertig machen«, »vorbereiten«.

Aus dem lateinischen Wort »speculator«, d.h. »Kundschafter, Erforscher«, hat sich im Hochdeutschen ein Begriff für gewagte Geschäfte, für philosophisches Erkenntnisstreben sowie für verdecktes Beobachten im Sinne des Ausspionierens entwickelt. Der Kölner Dialekt kennt keine dieser Bedeutungen. Das Wort »usspekuleere«, verwendet in der Parodie zu Schillers *Taucher*, bezeichnet nichts weiter als die sehr menschliche Eigenart des neugierigen Betrachtens, die man belächeln darf.

»Stätz« aus der Parodie auf *Des Sängers Fluch* ist vom Mittelhochdeutschen »Sterz« abgeleitet.

Man kann das Wort natürlich deklinieren: Der Nominativ Singular von »Stätz« lautet: »Dä Stätz«. Der Genetiv ist im Kölner Sprachgebrauch kaum üblich, er wird meist mit dem Dativ umschrieben – unnachahmliche Beispiele bietet der Tiroler Kabarettist Beikircher! Also heißen Genetiv und Dativ von »Stätz«: »Dem Stätz sing Fedderche«. Der Akkusativ lautet wie der Nominativ: »Dä Stätz«! Im Plural heißt es dann: »Die Stätze, der Stätze ihr Fedderche, die Stätze«.

Die Parodie *Lohengrin oder bestrofte Neugier* von Jakob Dresen bemerkt zur Hochzeit von Lohengrin und Elsa: »Spazeete, prächtig opgekratz, dann Hä un It noh'm Platz!«

Obwohl doch der Ort einer Hochzeit für die katholischen Kölner zweifellos die Kirche war, wird hier auf den altgermanischen Begriff »Thing« für die Hochzeitsstätte zurückgegriffen.

Das kölsche Wort »Labbes« wurde von den niederländischen Handelspartnern Kölns übernommen. Die ursprüngliche Wortbedeutung »einfältiger Kerl« verändert sich zur Bezeichnung eines »schlaksigen, ungelenken« Mannes.

Heinrich Lützeler [*Lützeler 1954, S. 32*] erwähnt den »Baselemanes«, einen Menschen mit übertrieben höflichem Getue; abgeleitet ist die Bezeichnung vom spanischen Handkuss »basemanos«.

»Om Kannepee« saßen Lohengrin und Elsa, einer italienisch-französischen Bezeichnung für »Sofa«. »Kanapee« (Schreibweise nach Wrede), »Paraplü« für Schirm und »Trottoir« für Bürgersteig, das sind nur wenige Beispiele für italienisch-französische sprachgeschichtliche Zeugnisse im Kölschen; viele davon stammen aus der napoleonischen Besetzung der Rheinlande.

Die darauf folgende preußische Inbesitznahme behagte den Kölnern ebenso wenig, und preußische Beamte wurden mittels Sprache ihrer amtlichen Ernsthaftigkeit entkleidet. Das Tragen des Kaiserschnauzbartes (»Schnäuzer«) und ihre oft polnisch klingenden Namen führten zur Sammelbezeichnung »Schnäuzerkowsky«.

Das Wort »fringsen« reagiert auf Zeitumstände. Joseph Kardinal Frings, Erzbischof von Köln, bezeichnete nach 1945 das Stehlen von lebensnotwendigen Dingen wie Briketts und Lebensmitteln, als Mundraub – es stelle im Sinne der Kirche keine strafbare Handlung dar. Fortan verwendete man im Dialekt dieses Wort für »stehlen«. Als protestantisches Kind in Köln zu dieser Zeit bekenne ich, ohne Kenntnis des Kardinals das Wort genutzt und die Handlung vollzogen zu haben.

»Fringsen«, auszugsweise konjugiert, hört sich wie folgt an:

Ich fringse, du frings, hä, et, it frings,
Mer fringse, ihr frings, se fringse.
Ich fringste usw.; mer fringste usw.
Ich han gefrings, du häs gefrings usw., mer han gefrings;
Ich hat gefrings usw.
Ich wede fringse usw.
Ich wede gefrings han usw.
Ich wöd fringse usw.
Ich hät gefrings usw.
Ich wöd jefrings han usw.

Bis in die Gegenwart lebt die Kölner Mundart und nimmt neue Wörter auf. Dazu zwei Beispiele: »Knöllche«, abgeleitet von Protokoll, und – bei Wrede noch nicht verzeichnet – »Pullizei«.

Die dichterische Qualität des Dialekts in eigenen Formen von Reim, Rhythmus und Sprachmelodie braucht den Vergleich mit so genannter großer Dichtung nicht zu scheuen. Dies belegen neben anderen Formen die in diesem Text häufig auszugsweise zitierten Parodien. (Es ist sehr empfehlenswert und vergnüglich, sie ganz zu lesen!) Zwei Beispiele für diese spezifische Art und Weise des Sprachumgangs müssen an dieser Stelle genügen:

Mit dem Wort »sagen«, kölsch: »sage«, »jesaat han«, geht der Verfasser von *Jan und Griet* folgendermaßen um:

»Ens säht hä: ›Sag‹, esu säht hä:
Sag Griet, ben ich deer räch?«

Und bei Willi Ostermann heißt es in einem Lied:

»Hä säht un se säht, su säht he hät he jesaat«.

Das mag als Grundkurs des Kölschen genügen!

II. Kölner Humor und seine Funktionen

Eine »Philosophie des Kölner Humors« schrieb der Bonner Kunstprofessor Heinrich Lützeler in den 1950er Jahren. Er ist mir Vorbild und Quelle. Mein Versuch ist – wie der Begriff der »Funktionen« andeutet – eher soziologisch angelegt. Über die Funktionen vermitteln sich das Kölsche und der Kölner Humor als die spezifische Weltkonstruktion des Kölners.

Der Dialekt der Kölner, das »Kölsch« – wie die Biersorte –, und seine sprachliche und schriftliche Manifestation bilden das Medium für etliche Eigenschaften und Wirkungen des Kölner Humors. Das drückt sich nicht nur in den zahlreichen mundartlichen Parodien auf klassische Texte aus, sondern unter anderem in Liedern und Aussprüchen, von denen ich etliche als Beleg für meine Thesen benutzen werde.

Die beiden Hauptintentionen des Kölner Humors sind:

A. Identitätsstiftung und

B. Lebenshilfe

A. Identitätsstiftung

1. These: *Kölner Identität ist ein Prozess*

Das Milieu, mit dem sich der Kölner identifiziert, ist weder konstant noch gefällt es sich in ausschließlich rückwärts gewandter Sicht, etwa im Sinne von: »Och wat wor dat fröher schön doch en Colonia.« Vielmehr lebt es und entwickelt sich fort, und zwar keineswegs nur im Karneval. Es tritt unter anderem zutage im privaten Leben, in kölschen Gottesdiensten, Messen und Todesanzeigen, beim Einkauf, in öffentlichen Verkehrsmitteln, im Sportstadion, in Schulen und Betrieben, in mundartlichen Theateraufführungen und in Zeitungskolumnen. Es gestaltet sich in Prosa und Poesie täglich neu. Eine Fülle solcher Lieder, Kurzerzählungen (»Krätzcher«), Geschichten (»Verzällcher«) und Parodien spiegeln den Alltag und das Besondere in Köln wider und halten es als Erinnerung fest. »Niemals geht man so ganz« wurde beim Abschied von Trude Herr gesungen; es ist zum geflügelten Wort geworden!

Getragen wird dieser Prozess von jederfrau und jedermann, besonders jedoch von solchen Persönlichkeiten, die Einfluss auf das städtische Leben haben und hatten. Wissenschaftler wie Alphons Silbermann, Kirchenobere wie der erwähnte Kardinal Frings, Schriftsteller wie Heinrich Böll, Politiker wie Konrad Adenauer, Musiker wie die Gruppe BAP, eine lebendige Kunstszene und Aktionen wie »Arsch huh un Zäng usenander« vermitteln in je spezifischer Weise Kölner Identität nach innen und außen. Ihr Problembewusstsein vermindert die Gefahr eines auf Selbstbespiegelung reduzierten Provinzialismus.

2. These: *Identität basiert auf Toleranz!*

Immer schon wurde die Geschichte Kölns geprägt durch die Assimilation fremder Einflüsse; dieser multikulturellen Tradition sind sich die Kölner durchaus eingedenk. Genauso hat es Carl Zuckmayer in seinem Drama *Des Teufels General* den Harras über das Mischvolk der Rheinländer sagen lassen! »Kumm erin, he bes do jähn jesinn« singen »De Höhner« gegen Fremdenfeindlichkeit. Die Vereinnahmung des Andersartigen wurde geradezu ein typischer Charakterzug kölnischer Lebensart, deren Toleranzmotto »Jede Jeck es anders« mit der Ausführungsbestimmung: »Jeck los Jeck elans« lautet. Die Übersetzung bedeutet: »Jeder Mensch ist anders, also achte den anderen wie dich selbst!« Eher um Einbeziehung ins eigene Milieu als um Ausgrenzung geht es den Kölnern.

Fremdes wird zum Beispiel durch »komisch umgebildete Fremdwörter« [*Lützeler, a.a.O., S. 29ff.*] in den alltäglichen Sprachumgang, ins eigene Milieu und somit als Möglichkeit, damit umzugehen, integriert. Die Bezeichnungen »Baselemanes« oder »Schnäuzerkowsky« sind Beispiele dafür.

Doch man denke nicht, dass etwa diese Vereinnahmung des Fremden stets rasch und problemlos geschähe! Der Kölner Dialektausdruck »Pimok« – eine verballhornende Sprachmalerei – grenzte insbesondere nach 1945 Vertriebene und Flüchtlinge aus. Deren Integration dauerte in vielen Fällen – wie ich von Betroffenen hörte – schmerzlich lange. Sie konnte allerdings wesentlich verkürzt werden, wenn sich die »Pimoken« zu Köln bekannten. Sobald lokalpatriotische Gefühle der Kölner bedient werden, schauen sie großzügig über Mängel, zum Beispiel fehlende Dialektbeherrschung, hinweg. Gekränkt dagegen reagieren Kölner auf Missachtung der Vaterstadt, dem wird unnachsichtig begegnet. Ich greife – poetisch – ein aktuelles Thema auf:

Olympia en Düsseldorf
Nit he en Kölle am Rhing
Janz ohne Hätz, Dom, 2000 Johr,
dat kann doch jar nit sin!

Dä Clement hät su jet jesaat,
Dat mäht uns Kölsche Ping.
Wenn widder Wahl en Kölle es,
verliers do unser Stemm!

3. These: *Identität wird durch Nivellierung im Sinne eines konfliktmindernden Ausgleichs von Gegensätzen gestützt!*
Nivellierung von Arm und Reich, Hoch und Niedrig, Fremd und Vertraut und ihre Einordnung ins Kölner Milieu stützt dessen Identität.

Nivellierung vollzieht sich nicht selten auch durch Derbheiten, wie in der Parodie eines unbekannten Autoren auf *Des Sängers Fluch.* Dort wird von einem alten Schloss berichtet, es sei

»*... su staats un fing*« gewesen.
»*Jetz es et engefalle, es bloß noch en Ruing.*
Un rundseröm die Gädens, dat wor jet för et Hätz.
Do soßen dausend Mösche un waggelten mem Stätz.«

Einst wurde das Schloss von einem tyrannischen König bewohnt:

»*Dä Kääl wor immer wödig, met allen hat hä Knies,*
Met einem Woot zo sage: Dä Künning wor en Bies!«

Zwei Sänger, ein alter und ein junger, besuchen das Schloss und bereiten sich auf ihren Auftritt vor:

»*Dä ahle säht zom junge: ›Maach dich parat, mein Sohn,*
Stemm an uns schönste Leeder, dat Leed vum ›Kleine Cohn‹!
Nemm alle Kraff zosamme, de Loß un och d'r Schmätz,
Vergeß dobei uns Tröt nit, die hängk am Päädestätz.‹«

Im Säulenbau thronen der König und die Königin:
»*Die Künnigin söß un milde, dat wor e lecker Oos.*«

Die Sänger rühren die Königin. Der eifersüchtige König wirft daraufhin sein Schwert nach dem jungen Sänger; es dringt durch sein Gewand und zerbricht eine Flasche mit Schnaps. Zornig entfernen sich die Sänger und ›verfluchen‹ den König:

»›Do gäle Ziegelbäcker, do Häufche Angebrannts,
Do bes jo doch nor wödig, dat do nit singen kanns!
Do schääle Filzpantuffel, do gecke Rhingrabau,
Kumm do ens durch de Löhrgass, meer schlonn dich schwatz un blau.
Do fiese Honigkoche, do Fluhmajor en gros,
Do Schmeck vum Dudewage, do Lumpekaiser do!
Ich wünsch dir Höhnerauge, an jedem Zieh zwei, drei,
Un em Geseech en Quellnas, su deck wie'n Entenei!
Ich wünsche dir d'r Durchfall, ganz dönn un ärmelangs,
Un dat do dann verstopp bes, sechs Monat nit mieh kanns.
Sechs glöndige Bögelieser wünsch ich dir en d'r Buch,
Un d'r ganze Kopp voll Lüüsger!‹
Das war des Sängers Fluch!«

Die Ausdrücke belegen, dass diese Parodie in der Tat bis an die »Grenzen des Anstandes« [*Lützeler, a.a.O., S. 38ff.*] nivelliert; Tabus werden gebrochen, bürgerliche Konventionen werden deutlich unterschritten.

Das Kölnische ist grob, es schaut – in lutherschem Sinne – dem »Volk aufs Maul«, und das Ergebnis entspricht nicht immer bürgerlichem Wohlverhalten und kann den Sprachästheten und kultivierten Menschen schaudern lassen. Wie sonst kann es im Kölner Liedgut mit Begeisterung gesungene Texte wie das »Kackleed« geben, das sich – extensiv wie intensiv – einem nur allzu menschlichen Bedürfnis widmet.

Es ist dem Kölner nicht fremd, Alltägliches, auch Tabuisiertes, auszudrücken und dabei wenig Rücksicht auf Konventionen und Empfindlichkeiten zu nehmen. Er bedient sich für dieses Verhalten des Adjektivs »däftig«. Bei *Jan un Griet* begegnet uns eine ursprünglichere Bedeutung des Wortes in Verbindung mit dem halbfreien Bauern, und zwar im Sinne des in Norddeutschland gebräuchlichen »gediegen«. So auch ist die Anrede der Traditionsfigur im Karneval, des Kölner Bauern, gemeint, sie lautet: »Seine Däftigkeit«. Im aktuellen Kölner Sprachgebrauch bezeichnet »däftig« jedoch – weitergehend – Überschreitungen bürgerlicher Konventionen in Sprache und Verhalten wie in der oben zitierten Parodie.

Die Kölner Parodien sind schon an sich nivellierend. Sie kritisieren die Fassade des Bildungsbürgertums, das sich der Kenntnis klassischer

Dichtung und ihres Hintergrundes rühmte und sich dadurch vom gemeinen Volk abzusondern versuchte. Eine solche Hervorhebung duldet das Milieu nicht: Wer sich selbst beweihräuchert, wird auf menschliches Maß zurechtgestutzt!

Das Milieu assimiliert und nivelliert Auffälligkeiten aller Art. Die von Lützeler so genannten »Charakterwörter« [*a.a.O, S.33f.*] stellen dazu ein probates Mittel dar. Wie das Fremde in »Baselemanes« und »Schnäuzerkowsky« wird auch das Besondere an Menschen (primär Körperliches) durch Typisierung einerseits gekennzeichnet, andererseits ins Milieu vereinnahmt. Beispiele typisierender Charakterwörter sind: »de Nas« oder »et Schnüsse Tring«.

Die besondere Kennzeichnung steht vordergründig der Nivellierung entgegen; hintergründig jedoch wirken diese Charakterisierungen nicht ausschließend, weil sie dem Anderen und Herausgestellten gleichzeitig einen Platz innerhalb des Milieus zuweisen. Die volkstümliche Geschichte der Stadt Köln kennt eine Vielzahl von Originalen, von denen nur der Typenname geblieben ist. Die »Roten Funken«, als älteste Kölner Karnevalsgesellschaft, belegen jedes Mitglied typisierend mit einem Spitznamen; Karnevalisten – manchmal unter Bezug auf Originale der Kölner Stadtgeschichte – benutzen solche Typisierungen als Markenzeichen, zum Beispiel »Et fussisch Julche« und »De doof Noß«.

Ein anderes Beispiel für Charakterwörter findet sich in der Parodie auf *Des Sängers Fluch.* »Dä Künning wor en Bies!«, heißt es dort. »E Bies« ist abgeleitet vom lateinischen »bestia« (Tier, wildes Tier). Es wird ins Kölsche eingebracht als Beschreibung eines Menschen, der – so Wrede – schmutzig und unanständig ist. Damit nimmt die Wortbedeutung im Dialekt das Animalische der Bezeichnung zurück; »e bies« ist keine unmenschliche Bestie, sondern es bleibt ein, wenn auch unangenehmer, Mensch.

In der gleichen Parodie wird die Königin als »lecker Oos« bezeichnet. Ein positives Adjektiv, nämlich »lecker«, was im Kölschen, übertragen von der Bezeichnung für schmackhafte Speisen und Getränke, soviel wie »attraktiv« bedeutet, wird mit einem eigentlich negativen Substantiv, »Oos«, verbunden. Dieses, abgeleitet von »Kadaver«, bedeutet so viel wie »Luder«. Der beschriebene Charakter wird damit durch das Adjektiv im Wesentlichen positiv gewendet. »E lecker Oos«, angewandt auf Frauen, meint eine reizende, auch hübsche Frau, die allerdings »nicht ohne« ist.

Diese Charakterwörter oder Spitznamen sind – zumeist – »nit esu«, also nicht desavouierend, gemeint. Um ihnen, falls Zweifel entstehen könnten, einen zu starken negativen Anschein zu nehmen, verwendet das Kölsche genau die eben (»e lecker Oos«) dargestellte Stilform, nämlich die *relativierende Ergänzung*. Dennoch, und das ist im Kölschen oft üblich, lässt diese Form einen Rest an Unsicherheit bestehen; sie ist ambivalent. Im angesprochenen Falle bleibt offen, ob denn »dat lecker Oos« nicht vielleicht doch mehr ein »Oos« als »lecker« ist. Doppelbödig sind auch die folgenden, relativ ergänzten Charakterwörter: »Dä Kähl es jo ne fiese Möpp, ävver sing Frau hät en jähn!« Oder: »Dat Minsch es ne Schwadlappe, gestern hät se mir ävver ens zogehoot!«

Nivellierung als identitätsstiftendes Moment bezieht sich aber nicht alleine auf sprachliche Grobheiten oder Typisierungen; tief greifender und weit reichender ist ihre Funktion bezüglich der Obrigkeiten und gesellschaftlicher Hierarchien. Lützeler schreibt dazu: »Nicht der Bauer, nicht der Grundherr, nicht der Reiche und Hochgestellte gilt in Köln, sondern allein der Mensch« [*a.a.O., S. 83*]. Das wird im Umgang dadurch deutlich, dass jeder in Köln als »Jeck«, »Jung« oder »Mädche« vereinnahmt und vom »Köbes« im echten Kölner Brauhaus – für Fremde irritierend – geduzt wird. Auch mit so genannten Autoritäten wird recht locker umgegangen. Wenig ehrfürchtig redet Hinsch als Held in der Parodie auf Schillers *Taucher* den Herrscher mit »Leeven Här Künning« an, und trotzig despektierlich ruft in der Parodie auf die *Bürgschaft* der zurückgekehrte »Neres« dem kölschen Senatspräsidenten zu:

»He ess'e« su reef' e – »blotdööschtige Hung,
he ess'e – der Neres – ich ben Deliquent,
Der Kobes wor blos för drei Dage Kavent!«
(»Kavent«, lateinisch »cavens« = Bürge)

Die Nivellierungen bewahren nicht generell vor der Dummheit der Vorurteile, vor Rassismus und Fremdenfeindlichkeit. Die nivellierende Vereinnahmung als Abbau von so genannten Autoritäten aber dürfte einen gewissen Schutz vor Fanatismus bieten. Wenn der Mensch selbst in den Blick gerät, kann sich eine Resistenz gegen Ideologien einstellen. So mag der Kölner – wie andere – Fremdes insgesamt durchaus misstrauisch betrachten. Seine Tendenz, die Dinge pragmatisch, nicht extrem und verallgemeinernd zu sehen und den Einzelnen wahrzunehmen, schärft ihm den Blick für den Nachbarn auch ausländischer Herkunft als einen Menschen wie du und ich. Ob es sich hier um das römische Erbe einer behaupteten mediterranen Toleranz handelt?

4. These: *Identität wird über Harmonie angestrebt*
Der SPIEGEL (28/2000, S. 53) berichtete vom Umzug der Bundestagsverwaltung nach Berlin und schrieb unter anderem: »Das rheinische Wesen, das häufig am Konsens orientiert ist und zu praktischen Lösungen neigt, ... ist für die Aufgaben einer dynamischen Institution wie die einer Parlamentsverwaltung ausgezeichnet geeignet.« Angesprochen sind damit die verschiedenen Konfliktlösungsstrategien, die das Kölsche – als Hochform des Rheinischen – beinhaltet.

In erster Linie ist hier vom Klüngeln unter dem Motto »Mer kennt sich, mer hilf sich!« zu sprechen. Ich würde seine korrupte Form zum Schaden Dritter unterscheiden vom konsensorientierten Klüngeln, das Verhandlungslösungen anzustrebt und »fünf gerade sein lässt«. Von Letzterem spricht Norbert Feldhoff, Generalvikar beim Erzbischof von Köln:

»Ist Klüngeln katholisch? Diese zunächst überraschend erscheinende Frage beantwortete ein Kölner Protestant eindeutig mit ›Ja‹, und zum Beweis schilderte er, wie ein katholischer Priester den Kindern das Fürbittgebet erklärte: ›Kinder, wenn ihr in Köln an jemand eine Bitte habt, dann geht ihr nicht direkt zu ihm, sondern ihr sucht einen, der jemand kennt, der einen anderen kennt, der den kennt, an den ihr die Bitte habt. Und auf diesem Weg tragt ihr die Bitte vor. Genauso ist es mit dem Fürbittgebet. Da gibt es die vielen Heiligen, die kennen Gott besser als ihr, und dann geht ihr zu denen und tragt ihnen die Bitte vor. Und da gibt es Maria, die kennt Gott noch besser als alle anderen Heiligen, und ihr geht zu ihr und tragt ihr die Bitte vor‹. Wenn man diese Erklärung des Fürbittgebets höre, so meinte der Kölner Protestant, könne man mit gutem Recht sagen, dass der Klüngel etwas typisch Katholisches und etwas Positives sei.« [*Feldhoff 1996, S. 61 f.*]

»Wahrscheinlich vertrauen die Kölner sogar im Blick auf das ewige Leben darauf, dass es mit einem göttlichen ›Klüngel‹ zugeht, wenn sie meinen: ›Der leeve Jott es jar nitt esu‹«, vermutet Feldhoff [*a.a.O., S. 62*]. Und Gerhard Uhlenbruck formuliert es so: »Der Kölner glaubt nicht, dass der Klüngel ausstirbt, eher glaubt er an einen Klüngel nach dem Tode.« [*Uhlenbruck / Münch 1990, 11.9*].

Mehr noch als am Klüngeln liegt dem Kölner daran, Konflikte gar nicht erst entstehen zu lassen. Er mag die scharfzüngige Auseinandersetzung weniger als heitere Gespräche, als leichte oder – bösartig ausgedrückt – seichte Konversation. Mit dem Lied der »Black Föss«: »Drink doch ene met, stell dich nit esu an, du stehs he de janze Zick eröm!« wird diese Strategie charakterisiert. Abseits Stehende werden geradezu in eine allumfassende Harmonie gezwungen. Aufkommende Differenzen werden – durch einen Scherz, Verharmlosung, Themenwechsel – auch durchaus unsachlich – konterkariert. Die Harmonie des Milieus ist unter allen Umständen zu bewahren. Dazu werden Spannungen vermieden oder abgebaut. Es ist im täglichen Leben der Stadt nicht selten zu beobachten, wie ein Dialektwort oder ein Scherz einen Streit vermeidet: »Stell dich net esu an« oder »Los et joht sin«.

Der ›Trick‹ besteht darin, dass keine Entscheidung in der Auseinandersetzung getroffen, nichts ausdiskutiert und sachlich geschlichtet wird, sondern appellativ auf ein anderes Feld, zum Beispiel im Sinne von »Drink doch eene met!«, gewechselt wird.

Schwierige Fragen wie konfessionelle Gegensätze über Heiligenverehrung oder die luthersche Rechtfertigungslehre werden zum Beispiel bei Feldhoff heiter und gelassen überspielt, die Streitfragen werden ›unter der Decke‹ gehalten und im Interesse der Harmonie nicht klar geäußert. Krisenhafte Situationen werden auch in den kölschen Parodien – ganz im Sinne der Konfliktminderung – vermieden, Entscheidungen werden entschärft: Der Sänger überlebt in der Parodie und des Sängers Fluch ist eine bloße Schimpfkanonade. Gewiss, dem König werden allerlei Unannehmlichkeiten gewünscht, vernichten aber wollen ihn die Sänger nicht!

Milieuaussagen enthalten oft ein gut Teil unausgesprochen Mitgemeintes [*vgl. Lützeler, a.a.O., S. 24*], so auch die Schilderung der folgenden Begebenheit: Alle Glocken des Kölner Domes, einschließlich des »Decken Pitters«, läuten eines Tages außerhalb der Norm. Der Domprobst Henrichs kommt zum Dom und erklärt sein Erscheinen: »Ich muss doch die Leute beruhigen, sie glauben sonst, der Kardinal wäre gestorben!« Nur der Insider versteht den »grielächelnden«, d.h. wohlwollend hinterhältigen Humor in dieser Szene! Er weiß nämlich, der gegenwärtige Erzbischof von Köln, Kardinal Meissner, ist nicht bei allen Kölnern beliebt, und das volle Domgeläut ertönt nur an sehr wenigen hohen kirchlichen Feiertagen sowie beim Tode des Kölner Oberhirten.

5. These: *Der Grundpfeiler kölscher Identität ist die Frömmigkeit!* Kirche und Religion spielen im Kölner Humor eine bedeutende Rolle. »Normal«, also katholisch, nennt Konrad Beikircher die Konfession eines Kölners. Allerdings wird die Abkürzung »rk« auf der Steuerkarte mit »rheinisch katholisch« übersetzt, um die Besonderheiten der Kölner Frömmigkeit zu betonen.

Auf Verwunderung bis Ablehnung stößt außerhalb des Rheinlands die – in unserer scheinbar so aufgeklärten Zeit – tatsächlich recht absurde Vorstellung des Kölners von Gott. »Der leeve Jott es gar nit esu« meint eigentlich, Gott ist – fast – wie du und ich. Und seine Göttlichkeit erweist sich in gnädiger Menschlichkeit. Er und seine Heiligen, sie werden das, was nicht durch Vereinnahmung oder Klüngeln zu regeln ist, schon irgendwie richten. Diesem »Herrjott« der Kölner ist man nicht ausgeliefert, er lässt mit sich verhandeln, er bleibt auch in seinen Strafen erträglich und drückt ein Auge zu. Deshalb kann auch der Kölner voller Vertrauen singen: »Wir kommen alle in den Himmel«, und es genügt zur ewigen Seligkeit schon, »ne kölsche Jung« und »brav« – was ja nicht »gut« heißen muss – zu sein. Wobei dem Ruf »Kölle alaaf!« geradezu die Qualität eines totalen Ablasses zugesprochen werden kann. Der Rheinländer löst das Elementarproblem des Sterbens durch Negierung: Der Mensch lebt einfach weiter! Der Tod wird durch den Humor aufgehoben!

Dazu wird der Himmel einfach nach Köln eingemeindet, er gehört zum Milieu. Der Kölner »det himmele«, d.h., er zieht selbstverständlich in den Himmel ein. Nachdem »der Neres dud es un e kölsch Hätz opgehürt hät zo kloppe!«, wie es nicht selten in Todesanzeigen heißt, blickt der Kölner entweder wehmütig herab wie Willi Ostermann, wenn er singt: »Un stonn ich ens am Himmelspötzche un luuren op ming Vatterstadt, dann sage ich dem Herrgott bovve, wie jähn ich Dich ming Kölle hatt!« Oder der Kölner ist, ausweislich der folgenden Anzeige, selbstbewusst genug, sich als Bereicherung für die himmlische Bevölkerung zu begreifen:

»*Wenn ich ens nit mieh existiere,*
wenn ich de Auge zojedonn,
wenn ich mich bovve präsentiere,
janz hösch am Himmelpötzje stonn.
Dann soll dä Petrus dat schon mache
(also wieder Klüngel, J.B.),

hä sök dä schönste Platz mir us.
Hä weiß, et jit dann jet ze laache,
ich ben vun Kölle am Rhing ze Huus.«

Wie selbstverständlich ist der Himmel ins kölsche Milieu einbezogen. Nur Nicht-Kölner kann es erstaunen, wenn sich »normale« Menschen in Kölner Betrieben nach Millowitschs Tod darüber unterhielten, dass er sich nun im kölschen Himmel mit Trude Herr träfe und auf Köln schaue. Nur für den Nicht-Rheinländer ist es verwunderlich, dass der Kabarettist Hanns Dieter Hüsch – ein Niederrheiner, aber bekennender Kölner – den lieben Gott hin und wieder in Dinslaken trifft, mit ihm über dies und das plaudert, ihn mit dem Fahrrad in den Himmel begleitet und dort seine verstorbene Verwandtschaft treffen darf. Anderswo mag man dieser kindlichen Vorstellung verständnislos gegenüberstehen oder sie gar als Gotteslästerung empfinden.

Drohbriefe aus Bayern erhielt als Mitwirkender einer Fernsehsitzung der Kölner Büttenredner Pauels – übrigens ein Diakon – für einen Witz, über den sich in Köln auch kirchlicherseits niemand erregte: Der Dompropst will seine Predigt mit einem besonderen Gag würzen. Er beauftragt den Küster, in dem Augenblick, wo er den Heiligen Geist anruft, eine Taube aus der Sakristei in die Kirche fliegen zu lassen. Die Sache misslingt. Als der Probst ruft: »Oh Heiliger Geist«, ertönt die Stimme des Küsters aus der Sakristei: »Hä kann nit kumme, de Katz hät ihn gefresse!«

Durch die Gewissheit eines gnädigen Gottes gestärkt, kann sich der fromme Kölner sehr kritisch zur kirchlichen Obrigkeit verhalten. Bei Auseinandersetzungen zwischen dem Kölner Oberhirten und seinen Schafen wissen diese sehr wohl zwischen dem »leeven Herrjott« und dem Herrn Kardinal zu unterscheiden.

6. These: *Zur Kölner Identität gehört Sentimentalität*

»Kölle, do bis e Geföhl« heißt es im Lied einer Kölner Gruppe. Zweifellos spricht der Kölner Humor mehr das Gefühl als den Verstand an. Gefühle, selten »tiefe«, arten im Kölner Milieu nicht selten in Sentimentalität aus; der Vers in der Todesanzeige und die Strophe mit »dem Himmelspötzche« deuten darauf hin.

In »Kölle weed jän jekresche«; man hat »nah am Wasser gebaut«, aber man ertrinkt nicht in Tränen, sondern sucht Anlässe zum Lachen. »Un de Trone, die du laachs, muß du nit kriesche!« heißt es in einem

Karnevalslied, das mit der Aufforderung endet: »Loß mer fiere op kölsche Aat!«

Gerade bei Feierlichkeiten geschieht der Übergang zwischen »krieschc« und »laache«, zwischen Ernst und Heiter, – für den Außenstehenden überraschend – recht unvermittelt. Menschen aus anderen Regionen haben ja oft den Eindruck, in Köln herrsche bei allen möglichen Anlässen stets ein bisschen Karneval. Dieser Eindruck ist – richtig. Aber es ist ein Missverständnis, wenn man den Karneval nur »lustig« und nicht auch »sentimental« einschätzt. Für den Kölner ist es völlig normal, in einer Karnevalssitzung ein Taschentuch hervorzuziehen und einige Tränen zu verdrücken, zum Beispiel wenn das Lied gesungen wird: »Wat weht sinn, wat weht sinn; all die Gäßcher, all die Stroße muß ich irgendwan verloße, wat weht sinn en Köln am Ring«, gleichzeitig aber dabei gemütlich zu schunkeln, im nächsten Moment in ein lautes »Alaaf Kölle!« auszubrechen und schließlich über einen sogar zotigen Witz zu lachen!

Vor einiger Zeit führte ich mit Leitern von Kölner Hauptschulen eine Fortbildung durch. Und selbstverständlich setzte man sich einen Abend, besser: eine Nacht, zusammen. Das Gespräch wurde vielschichtig und ungeordnet geführt, es mündete schließlich in – gemeinsam veranstaltete – Gesangsdarbietungen. Jeder steuerte etwas bei, und es war überhaupt kein Problem, dass in bunter Folge »Maria zu lieben«, das »Kackleed«, etliche Lieder von Ostermann, dem damals gerade verstorbenen Willy Millowitsch zu Ehren der »Kölsche Jung« und »Der Mond ist aufgegangen« intoniert wurden. Niemand fand diese Zusammenstellung pietätlos oder etwa blasphemisch.

Dieses Ereignis fand in Kronenburg/Eifel statt. Es erregte – gegen 23.00 Uhr – zunächst das Missfallen des Wirtes, der mit dem Hinweis auf eine alte Nachbarin zur Ruhe mahnte und zum Schließen des Fensters aufforderte. Später – gegen 0.00 Uhr – sang der Wirt mit uns und um ca. 1.00 Uhr spendierte er eine Runde und versicherte, niemals, seit er dieses Lokal führe, habe er einen schöneren Abend verlebt. Sie ist wohl ansteckend, die Kölner Lebensart!

B. Lebenshilfe

1. These: *Die Grundlage der Lebenshilfe im Kölnischen Humor bildet ein durchgängiger, am Alltag orientierter Realismus*

Seine Sentimentalität verbirgt der Kölner gerade in Grenzsituationen hinter einem oft drastischen Realismus; dieser hilft – humoristisch verpackt – dem Kölner über traurige Ereignisse hinweg. So kann das »Kriesche« am Grab der verstorbenen alten Tante und die Feststellung »Se es esu schön jestorve!« mit despektierlichen Äußerungen über ihre negativen Charaktereigenschaften korrespondieren, etwa: »Se wor ärch kniestig!« Die Blumenfrau, bei der ich kürzlich Rosen kaufte, um sie in ein Grab zu werfen, meinte: Aufs Anschneiden der Blumen könne man in diesem Falle ja wohl verzichten.

Den Sinn fürs Reale finden wir auch in der Parodie *Kaventschaff.* Es »wed gekresche« dort und es siegt »et kölsche Hätz«; am Ende aber werden den Protagonisten Neres und Köbes nicht leere Versprechungen von Politikern angeboten wie bei Schiller: »Ich sei, gewährt mir die Bitte, in eurem Bunde der Dritte!«, sondern sie erhalten Beamtenposten. Lesen Sie selbst:

»Der Här Präsident soh verwundert se an,
De Auge voll Trone reef hä vum Altan:
›Begnadig ess Neres, mien Hätz ess geröh't,
Hück han ich de Kolschen ens kenne geleh't;
Jet Schönes ess doch noch de Fründschaff un Treu,
Ich heelt se bisher nor för reinen Buhei.
Huh wädt Ehr zwei beidse vu'meer jitz geeh't,
Zicklevvens an mich un de Stadt attascheet;
Zwei Stellen, die han ich för Üch noch vakant,
Pumpjee weed der Neres, der Kobes Scharschant!‹«

Es muss schon – bei aller Liebe und Sentimentalität – für den Kölner etwas Reales herausspringen! Nur schmachtende Verehrung, zum Beispiel die bloße Anbetung einer Geliebten, das ist nicht seine Sache, er ist auf realen Genuss aus! »Wenn der Pitter Ärm in Ärm mem Apollonia stillvergnöch om Heimweg« ist, geht es ihm vor allem ums »Knutsche«! Real gelebter Liebesgenuss ist allen Altersgruppen vergönnt: »Wer hätt dat vun der Tant gedach, denk ens an, denk ens an, wo war die dann de janze Naach, denkt üch nur ens an!«

Mehr realistisch als idealistisch verhält sich der Kölner besonders dann, wenn es um hohe Einsätze, etwa um das eigene Leben geht. Die »Helden« der Kölner Parodien unterliegen nicht einem vorgezeichneten Lebenslauf, sie sind dem Schicksal nicht ausgeliefert, sie können handeln und entziehen sich, wenn irgend möglich, lebensgefährlichen Abenteuern. In Schillers Original-*Taucher* äußert sich der Edelknecht nach dem erstmaligen Hinabtauchen nach dem Becher:

»Lang lebe der König! Es freue sich,
Wer da atmet im rosichten Licht!
Da unten aber ist's fürchterlich,
Und der Mensch versuche die Götter nicht.
Und begehre nimmer und nimmer zu schauen,
Was sie gnädig bedecken mit Nacht und Grauen!«

In der Kölner Parodie, wo ein gewisser »Friderich Hinsch« nach dem Becher taucht, lautet die vergleichbare Textstelle:

»›Ja, leeven Här Künning, och blievt eckersch immer om Drüge,
Säht Hinsch, dann et ess kei Pläseer, en dem Wasser zo lige.
Un sin se, wer Krampod'ren hät, ov jet engböschtig ess,
Här Künning, dä ess enes secheren Dudes geweß.
Dann fräventlich, soll jo kei Minsch de Nator visiteere
Un all Geheimniß un Wunderen usspekuleere;
Hät dat se gewolt, hätt se't andersch, we't ess üvverlaht.
Un dann och zur Vörsich den Minschen en Feschblos gemaht.‹«
(*»eckersch«* = bloß; *»engböschtig«* = kurzatmig)

Nicht »fürchterlich« und voller »Grauen«, wie in Schillers *Taucher*, stellen sich in der Parodie die Meerestiefen dar, sondern es ist allenfalls »kei Pläseer, en dem Wasser zo lige«. Es trifft den Menschen nicht in jedem Falle, sondern nur, wenn man »Krampod'ren hät, ov jet engböschtig ess«!

Anders als der kölsche »Held« Hinsch entrinnt bei Schiller der Held seinem Schicksal nicht. Als der König den Becher ein zweites Mal ins Meer wirft mit dem Versprechen, ihm die Tochter zu geben und ihn zum Ritter zu schlagen, heißt es im Original:

»Da ergreift's ihm die Seele mit Himmelsgewalt,
Und es blitzt aus den Augen ihm kühn,
und er siehet erröten die schöne Gestalt
Und sieht sie erbleichen und sinken hin –
Da treibt's ihn, den köstlichen Preis zu erwerben,
Und stürzt hinunter auf Leben und Sterben.«

Und es kommt, wie es – bei Schiller – kommen muss: »Den Jüngling bringt keines (der Wasser) wieder.«

In der kölschen Parodie vermeidet der Held die erneute Gefahr. Er gibt sich zufrieden und stellt keine übertriebenen Ansprüche. »Jung, du vermähs et« (Du übertreibst es) sagt man zu jemandem, der über ein realistisches Ziel hinausschießt. Hinsch vermäht et nit!

Der »Här Künning« führt auch hier den »Helden« in Versuchung. Zwar überlässt er ihm den schwergewichtigen Pokal, doch wirft er nun seinen Brillantring hinab: »Domet Do … bei'm Schwemme kans besser hanteere!« Auch die Könige in kölschen Parodien zeigen sich – mindestens teilweise – menschlich!

»›No fresch!‹ säht der Künning, ›no maach uns noch ens et Vergnöge!‹
›Och nä‹, meint der Hinsch, ›ich du'n mich me'm Pukal ald begnöge.
Ich kann Se op Ehre versech're, dat meer nix dran litt;
Wann einer da Ring well, dann loß'e sin, dat'e in kritt.‹«

Gemeinhin nennt man ein solches Verhalten feige, aber es kostet nicht das Leben! Etwa das der Kölner Stadtsoldaten, der Funken, die feuernd anrückenden Feinden zurufen: »Wat scheßt ihr dann? Sit ihr nit, dat he Minsche stonn!«

Realistisch auch ist der Blick des Kölners auf die eigene Situation. Insgesamt – mag es zunächst schmerzlich sein – ist es ja wohl entlastend, wenn man auf die Selbstlüge verzichtet. So zeigt sich der Kölner auch in Glücksmomenten nüchtern und uneuphorisch, er ist sich der Wechselfälle des Lebens eingedenk; er weiß, »et kann och anders kumme«. Den so genannten glücklichsten Tag im Leben eines Brautpaares und den Schwur ewiger Treue könnte er deshalb mit der Bemerkung kommentieren: »Hierode, dat es esu schön, dat sullt mer öfter ens mache!«.

In schonungslos realistischer Weise, gegen alle Selbstüberschätzung, wird denn auch die Geschichte des Faust parodiert, der Jugendwahn karikiert und das mystische Geschehen als »Fisematentche« abqualifiziert (von: »visae patentes« – ordnungsgemäßes Patent –, dessen Erlangung höchst kompliziert war und deshalb im Dialektausdruck »komplizierte, unverständliche Sachen machen« (Wrede) bedeutet):

»Wä hät noch nie en Kölle
Vum Fauß gehoot verzälle?
Dat wor 'nen ahle Knopp,
Kein Hoor hatt hä om Kopp.
›Wööt einem et gelinge‹,
Säht hä, ›mich zo verjünge,
Un wann et och der Düvel wör,
Ming Siel göv ich dervör.
Worön dunn ich Esel he su troore,
Darf noch nit ens noh de Mädcher loore,
Un wann dann för ein't ens schleiht min Hätz,
Dann heisch et glich: ›Do bruchs ald nit, verdötschten ahle Stätz!‹«

Mephisto, rot gekleidet, verspricht Jugend gegen Seele zu tauschen.

»Dä Fauß em Freudezidder
Schrevv, wie hä't han wolt, nidder.
Hä gov dä Breef im dann
Un säht: ›Jö, ruude Mann!‹
Dä Ruude däht drop laache
Un Fisematentcher maache,
Bes plötzlich met Begeisterung
Dä Fauß reef: ›Ich ben jung!
Ich ben widder en de beste Johre,
Fott ming Plaat, jitz han ich widder Hoore!
Süch, dat jitt d'r jitz 'ne Karesseer,
Min Hätz sehnt sich noh Mädcher wie e Rad noh Wageschmeer!‹«

Faust wirbt mit Schwierigkeiten um Grete, letztlich aber mit Erfolg.

»Dat Mädche däht verspöre
Em Hätz e minschlich Röhre.
Et leeht in zo sich enn –

Hä blevv en Stund wahl drenn.
Dä Ruude stund em Gahde,
Däht op dä Fauß do wahde,
Un als hä lans in ging, do däht
Hä laache fies un säht:
›Fauß ding Siel, die häß do meer verschrevve,
Do beß jitz am Eng vun dingem Levve,
Ich, d'r Düvel, nemmen op d'r Stell
Dich bei ming Groß jitz met, die bröht dich meddsen en d'r Höll!‹«

2. These: *Lebenshilfe wird durch Optimismus gegeben*
Auf Selbstlügen zu verzichten und sich der Wirklichkeit zu stellen, das vermag die Psyche durchaus zu entlasten, Krisen und Trauer zu überwinden. Die realistische Einstellung: »Et kütt, wie et kütt«, »Et es, wie et es«, führt zu einer geradezu mediterranen Gelassenheit, allen Anfechtungen hektischer Betriebsamkeit zum Trotz: »Küß do hück nit, küß do morge«, heißt die Parole, die den Rheinländer manchmal als unzuverlässig erscheinen lässt. Sie mündet jedoch in eine optimistische Lebenseinstellung, die in der Hoffnung gipfelt: »Et hät noch emmer johtgejange!« Nicht zuletzt durch die Absurdität des Unwahrscheinlichen, zum Beispiel in seinen religiösen Vorstellungen, entdeckt der Kölner auch in schwierigen, scheinbar ausweglosen Situationen immer noch eine reale Handlungsmöglichkeit, sodass seine »Lebenskurve aufwärts geht!« [*Lützeler, a.a.O., S. 26*].

In den Parodien wird – im Gegensatz zu den Originalen – das Schlimmste immer irgendwie abgewendet. Von gleicher Intention sind manche Bemerkungen beim Leichenschmaus. Es ist dort nicht ungewöhnlich, wie zum Beispiel Hanns Dieter Hüsch, vom Treffen des Verstorbenen mit ihm Vorangegangenen im Himmel zu sprechen und sich sogar auszumalen, welche Szene den hingeschiedenen und zuletzt recht leichtlebigen Peter im Himmel von seiner Frau erwartet: »Jung, wenn dä Pitter bovven ankütt, dann kann dä sich wärm antrecke; dat Katrinche weht dem de Höll heiß mache!«

Diese humoristischen, zum Teil widersinnigen Bemerkungen gegen die Traurigkeit, wo der Humor laut Lützeler zum Gemütsausgleich und zur Reinigung der eigenen Seele dient, fallen nicht immer vor großer Kulisse, sondern – entgegen dem gängigen Vorurteil – oft ganz leise, im kleinen Kreise. »Der Kölner ist am heitersten dann, wenn es kein Publikum, keine Bühne gibt, wenn er nur sich selber abreagiert«, schreibt Lützeler [*a.a.O., S. 45*]. Das ist ein erstaunlicher Satz, und er entspricht nicht dem Bild des Kölners, der allgemein ausschließlich als publikumswirksamer »Kumedemächer« betrachtet wird.

Der Kölner Optimismus hat also seinen Grund in der Möglichkeit, der Wirklichkeit einerseits Absurdität entgegenzusetzen und mittels dieser ihr andererseits noch positive Seiten abgewinnen zu können. Etwa so: »Nä, wat es dat joht, dat dä Neres jestorwe es. Hä hät dann nit mih sinn müsse, wie sing Huus avjebrannt es!«

3. These: *Ein Mittel kölnischer Lebenshilfe ist der Trost!*
Indem der Kölner sein Milieu problemfrei gestaltet und dort alles nivellierend einordnet: Fremdes, Alltägliches, Besonderes, sogar das Jenseits, schafft er sich ein stabiles Umfeld, das ihm Sicherheit gibt.

Auch die Parodien übertragen die meisten Geschehnisse ins Kölner Milieu. Die Liedparodie zu *Es waren zwei Königskinder* beginnt *»Et wore zwei* kölsche *Kinder«*; bei dem dort oder in der Kaventschaff zu durchschwimmenden Wasser handelt es sich selbstverständlich um den Rhein. Dr. Faustus und die Sänger, sie stammen natürlich aus Köln. Schillers *Bürgschaft* wird vom sizilianischen Syrakus nach Köln verlegt, aus dem Tyrannen wird ein Senatspräsident, aus Damon der Neres, dessen in letzter Sekunde ausgelöster Freund heißt Köbes und die Häscher sind die Funken als Kölner Stadtsoldaten. »Der Engel spricht Kölsch«, heißt es in einem Zeitungsbericht über ein mundartliches Krippenspiel von Gravelot, einem modernen Mundartdichter, das die heilige Handlung nach Köln verlegt. »Der Zimmermann Jupp und seine Verlobte Maria lebten in einem abgelegenen Eifeldörfchen; die Hirten hüteten ihre Herde vor den Toren Kölns, und der Engel verkündete die Frohe Botschaft in schönstem Kölsch.«

Hoffnung vermittelt den Kölnern vor allem ihre naive Frömmigkeit. Bei ihnen muss nicht, wie vielerorts, der Therapeut die Stelle des Geistlichen übernehmen. Bei einer solchen Frömmigkeit wie in Köln macht Religion nicht Angst, sondern stärkt das Individuum. Die Kölner verstehen ihren menschlich gedeuteten Gott. Der Feldhoffsche Klüngeltext zum Beispiel strahlt eine gelassene Gewissheit aus, die im Gegensatz zu allen quälerischen Zweifeln des Menschen steht, der sich die Frage seiner Existenz nach dem Tode stellt. Dank ihrer Frömmigkeit, die neben dem Klüngel mit Gott das Leben im kölschen Himmel einschließt, vermitteln die Kölner sich Hoffnungen, die – theologische Spitzfindigkeiten hin oder her – doch wohl wahrhaft christlichen Trost spenden können. Denn: Et Himmelspözje, dat es en Pooz en Kölle!

Anhang: Zu den Kölner Parodien

Die Mehrzahl der uns bekannten Kölner Parodien stammt aus der Zeit, als Köln eine preußische Provinzstadt war, also aus dem 19. Jahrhundert. Die Tradition aber wird bis in die Gegenwart fortgesetzt. Und wenngleich die parodistischen Dichtungen selbstbewusst kölnisch sind und oftmals einen eigenständigen und unabhängigen Geist offenbaren, ist doch ausgesprochen Revolutionäres dort nicht zu finden. Dies wohl deshalb, weil das Bürgertum des Kaiserreiches unpolitisch, gleichwohl national dachte und sein Harmoniebedürfnis auslebte.

In den kölschen Parodien zur klassischen Dichtung spiegeln sich fast alle Eigenschaften des Kölner Humors wider, und es lassen sich dessen Funktionen erkennen. Sie sind antiautoritär, menschlich, gleichmachend, alltäglich (bis banal und derb) und unpathetisch. Nicht der intellektuelle Höhenflug, nicht philosophische Tiefe, sondern das alltäglich Menschliche in seinen Schwächen ist Gegenstand des Kölner Humors auch in den Balladen-Parodien.

Sie treten uns nicht mythisch überirdisch, sondern alltäglich-realistisch entgegen. Anders als im kölnischen Alltagsverhalten vermeiden sie Sentimentalität, weil sie nicht eigenes Erleben, sondern mittels Dichtung fremd verordnetes Gefühl enthalten. Geradezu vom Kampf der Parodien gegen Sentimentalität spricht Heribert A. Hilgers, der mit unter Umständen »mörderischen« Mitteln geführt werde [*Hilgers/Schwering 1984*, *S. 17*]. In der Tat »mörderisch« verballhornt zum Beispiel die Parodie auf die *Königskinder* das Original, dessen letzte Strophe lautet:

»Das hört eine falsche Rune,
Die tät als wenn sie schlief!
Sie tät die Kerzlein auslöschen,
der Jüngling ertrank so tief.«

In der Parodie heißt es an gleicher Stelle:

»Dat hät unseren Bäätes getroffe,
Et wod im em Wasser flau,

Schwomm öm, un do ess hä versoffe -
Em Rhing – nit, doch em Schabau!

Den Ereignissen der Parodievorlagen wird die Tragik und mit ihr die Pathetik entzogen: Wo die originale Balladendichtung einen moralischen Anspruch erhebt – im Sinne von Schillers Definition des Theaters als »moralische Anstalt« –, der meist mit dem Blick auf höhere Mächte pathetisch vorgetragen wird, besteht das besondere Merkmal der Kölner Parodien gerade im Unpathetischen.

Der König überlebt ›des Sängers Fluch‹, das männliche Königskind ertrinkt ebenso wenig wie der Knecht im *Taucher*; Elsa von Brabant schließlich ist unfürstlich neugierig:

»Wören se no nett noh'm Bett gegange,
Hätt se nit zu frogen angefange! –
Doch om Kannepee de halve Naach,
Doh sooßen se un sungen se, – wer hätt su jet gedaach!
Un we se su doh sooße,
Doh kunnt sei't doch nit lohße …«

… und fragte Lohengrin nach Namen und Herkunft, woraufhin er den Schwan herbeirief und verschwand.

»En et Sackdooch krech bedröv dat Irmche,
Un it schwenkte met däm Sonneschirmche;
Doch der Schwaneritter blees im jet, –
Doh ging it widder op de Burg un laht sich en et Bett.«

Elsa zerbricht nicht an der Abreise ihres Ehemannes, sie geht zur Tagesordnung über, sie geht zu Bett.

Die beachtlichen Erfolge des Kriegshelden Jan von Werth werden in zwei Zeilen erledigt, sie werden nicht ausgeschmückt und erscheinen höchst nebensächlich:

»schlog immer düchtig en dä Feind,
holf wennen mänchen Seeg.«

Dabei wird der Erfolg recht nüchtern eingeschätzt: Er siegt nicht immer, sondern manchmal! ›Nur nicht übertreiben‹ lautet die Botschaft, auch »dä Feldmarchall, dä große Jan vun Wäht«, ist kein Übermensch, der etwa immer gewinnen würde. Keine Spur von »ohne Grenzen ist Dein Glück«, um aus dem *Ring des Polykrates* zu zitieren.

Mag man sich darüber erregen, weil die Parodien die hehren Zeugnisse deutscher Dichtkunst samt der abendländischen Mythologie nicht besonders ernst nehmen. Entlastend wirkt die Veralberung allemal.

Was bewirkt der Verzicht auf Pathos? Alltägliche Weisheit leitet den Handlungsstrang der Parodien, und sie zeigt sich dort in überraschenden Argumentationen. Verfolgt Schiller, in Vorahnung des tragischen Endes der Ballade, eine Vermeidungsstrategie – »Und der Mensch versuche die Götter nicht« –, ohne den Motiven der Götter überhaupt nachzugehen, enthält die Kölner Fassung eine durchaus einleuchtende, wenn auch verblüffende Erklärung, warum man sich nicht auf die Gefahren der »Natur« – in diesem Falle die Untiefen des Meeres – einlassen sollte: »Hät dat se gewolt, hätt se't andersch, we't ess üvverlaht. Un dann och zur Vörsich den Minschen en Feschblos gemaht.« Der Mensch ist nicht fürs Wasser gemacht, sonst besäße er, wie die Fische, eine Schwimmblase.

Tragödien werden vermieden und heldische Verhaltensweisen zugunsten einer Alltagsvernunft überwunden. Im Kölner Humor ist der Sinn fürs Tragische nicht ausgebildet. Unabwendbares Schicksal kommt nicht vor oder erscheint zumindest in einem milden Licht. Motto: »Et hätt noch emmer jotjegange«.

Das Pathos stellt einen erhobenen Zeigefinger und damit fast eine Drohung dar. Die Helden in den Kölner Parodien entziehen sich dieser Drohung und der Auslieferung an ein unbeeinflussbares Schicksal; sie argumentieren realistisch und finden annehmbare Lösungen. Sie relativieren den hohen Anspruch und lassen sich durch ihn nicht unter Druck setzen. Humor bewirkt in diesem Falle die Milderung fremdauferlegter Ansprüche; die Parodie gewährt dem Menschen Spielräume und gibt ihm Hoffnung.

Literatur:

Feldhoff, Norbert: Kölscher Klüngel – Gestern, heute, morgen und überall. Köln, Graz, Wien 1996

Hilgers, Heribert A. / Schwering, Max-Leo (Hg.): Kölsche Parodien. Köln 1984

Lützeler, Heinrich: Philosophie des Kölner Humors. Hanau/Main, erweiterte Auflage 1954

Uhlenbruck, Gerhard / Münch, Willi: Kölner Klüngel-Kalender 1990. Pulheim, 3. Aufl. 1990

Wrede, Adam: Neuer Kölnischer Sprachschatz. Köln, Band 1–3, 11. Auflage 1993

Anmerkungen:

1 Die Grundlage des Textes bildet ein Vortrag, der im Rahmen der Reihe »Uni im Rathaus« am 5. Februar 2001 in Köln gehalten wurde. Hier ist er von der Rede- in die Schriftform gebracht und ergänzt worden.

2 Die Auszüge aus den Parodien sind entnommen:
HILGERS / SCHWERING 1984 – Dort und in anderen übernommenen Texten werden zum Teil andere Schreibweisen als bei Wrede verwendet. Oft handelt es sich um ältere Formen des Kölschen.

GERHARD UHLENBRUCK
Aphoristische Kamelle

Bei Karnevalssitzungen werden Lachsalven abgefeuert,
um die Karnevalisten anzufeuern.

Kölner Karneval: Aus Liebe zum Spaß kann sogar Spaß
an der Liebe werden, Eigenliebe eingeschlossen.

Für den Kölner ist die Weihnachtsfeier oft die Generalprobe
für Karneval.

Karneval, ein Fest für humorvolle Amateure,
die es mit professionellem Ernst betreiben.

Im Karneval maskiert man sich, damit man die Maske
fallen lassen kann!

An Karneval kann der Kölner glücklicher sein, als er ist.

An Karneval sind Lachsalven das Echo auf Stimmungskanonen.

Karneval ist Humor in schunkelnder Bewegung –
um seelischen Kummerspeck abzubauen.

Die Infektion mit dem Karneval-Bazillus ist so gesund,
dass sie eigentlich von den Ärzten verschrieben werden müsste!

Das Schöne am Kölner Karneval: Alles ist organisiert,
aber nichts ist geplant!

Für den Kölner beginnt das Neue Jahr erst nach Karneval,
denn was soll er vorher mit all den guten Vorsätzen.

Entweder man hat an Weiberfastnacht ein lustiges Kätzchen –
oder anderentags einen traurigen Kater!

An Weiberfastnacht gibt der Klügere nach – bevor er betrunken ist.

Karneval ist für den Kölner der Winterschlussverkauf
seiner witterungsbedingten Depressionen.

Wenn der Kölner sich an Karneval unter sein Niveau begibt,
so tut er das nur zur Tarnung.

Als Narr handelt der Kölner nie unklug, aber immer töricht.

Humorlose Menschen erkennt man im Karneval
an ihrem »Zwergfell«.

In den Büttenreden karikiert die Logik des Absurden
das Absurde der Logik.

Karneval ist zwar noch nicht Frühlingserwachen,
aber in den Herzen klingelt schon der Wecker.

Büttenreden: Jeder Gag ist anders.

Als Büttenredner ist der Kölner ein Bonmot-vivant!

Ein guter Witz hat in Köln sogar Aufstiegschancen:
Er kann es bis in die Bütt bringen an Karneval!

An Karneval ist mit Humor nicht zu spaßen.

Karnevalistisches Echo: Wie man in den Saal hineinbrüllt,
so brüllt es lachend aus ihm heraus.

Weiberfastnacht: Man möchte einmal das Herz einer Frau gewinnen –
ohne die Frau seines Herzens zu verlieren.

Kölner Humor: Um beim Rosenmontagszug mitgehen zu können,
muss man »wat an de Fööss an« – Fußpilz allein genügt da nicht!

An Rosenmontag macht der Kölner blau,
damit mehr Farbe in den grauen Alltag kommt.

Der »Zoch« ist Kölns größtes komödiantisches Straßentheater,
bei dem die Zuschauer als Akteure fest mit eingeplant sind.

Mit im »Zoch« gehen zu können, ist für den Kölner das höchste:
»Ich möht zo Fooss in Kölle jonn!«

Am Rosenmontag kommen die nicht in Köln lebenden Kölner
sozusagen als »Zugvögel« in ihre Heimat, um den Zug sehen
zu können.

In Köln ist man schon prominent, wenn man von einem
Prominenten im Rosenmontagszug persönlich mit Kamelle
und »Strüssje« begrüßt wird.

Für den Kölner gibt es eine recht humorvolle Motivation,
gesund zu leben: Unbedingt den nächsten Karneval
noch mitmachen zu wollen!

Nach Aschermittwoch sind einige Kölner noch mit der
Tatenverarbeitung von Karneval beschäftigt!

Führende Kölner Prominente leiden an Rheuma oder Gicht,
denn sie können die Fäden nicht mehr aus der Hand geben.

Geld stinkt nicht, meint der Kölner, und glaubt deswegen,
stinkreiche Leute nicht riechen zu können.

Witzig ist man von oben nach unten,
Humor hat man von unten nach oben.

In Köln gibt es zwar keinen Orden wider den tierischen Ernst,
aber Orden wider den Ernst der hohen Tiere!

Mit einem Händchen für etwas kommt man in Köln weiter
als mit den Ellenbogen für alles.

Ist der Stammplatz des Kölner Humors der Stammtisch?

Wenn andere ihm haushoch überlegen sind,
ist der Kölner stimmungsmäßig im Keller.

Geizhälse (»Kniesbüggel«) sind nicht des Kölners Kragenweite.

Ein Kniesbüggel ist jemand, der immer die Hand aufs Geld legt
und einem Geld nie auf die Hand legt.

Der Kölner ist lernfähig: Er lernt aus seinen Fehlern,
auch wenn er nicht aus ihnen schlau wird.

Der Kölner kann sogar Tränen lachen, wenn ihm zum Heulen
zumute ist.

Lachen ist kurzatmig, Humor hat den längeren Atem.

Wer nichts zu lachen hat, meint der Kölner,
sollte wenigstens Humor haben.

Der Kölner gibt nie auf: Wenn du nichts zu lachen hast,
lach dir einen Ast!

Am lebendigsten ist der Kölner dann, wenn er sich totlachen kann.

Humor täuscht den Kölner über so manche Enttäuschung hinweg.

Als Genie ist der Kölner eine Niete, aber als Niete ist er genial.

Als unverbesserlicher Optimist sagt der Kölner:
Zum Glück hat man bei der Suche nach dem Glück auch mal Glück.

Wenn der Kölner anderen eine Grube gräbt,
stößt er auf römische Ruinen.

Der Kölner hat eine gute Meinung von sich selbst,
auch darin zeigt sich sein Humor.

Humor ist der oft vergebliche Versuch des Kölners, die eigene Selbstdarstellung für andere erträglicher zu machen.

Der Kölner ist dank seines Humors tolerant: Man erträgt seine und der anderen Macken, ohne zu mucken.

Das größte Theater macht der Kölner dann, wenn er von der Bühne abtreten muss, denn wenn er keine Rolle mehr spielen kann, kommt er von der Rolle.

Der Kölner lässt die Kirche im Dorf und den Dom in Kölle.

Der Kölner hat nicht selten einen Vogel, den man vor allem dann bemerkt, wenn er einen gezwitschert hat!

Stress ist nichts für den Kölner: Dann ist er Hans Dampf in allen Sackgassen!

Der Kölner passt, wenn ihm etwas nicht passt.

Der Kölner hat einen beherzten Verstand und ein verständiges Herz.

Der Kölner macht nicht nur aus der Not, sondern auch aus der Notlüge eine Tugend.

Die meisten Dummheiten macht der Kölner aus Liebe – zu sich selbst.

Der Kölner ist eitel: Wenn er Federn lassen muss, dann kriegt er eine Gänsehaut.

Menschen, die dem Kölner gefällig sind, gefallen ihm.

Da der Kölner gerne lebt, arbeitet er sich nicht zu Tode!

Der Kölner ist Individualist: Lieber alleine Trübsal blasen, als mit anderen ins gleiche Horn stoßen!

Wer den Mund zu voll nimmt, kann nicht Wort halten,
meint der Kölner – und hält sich selbst nicht daran.

Da der Kölner weiß, wo seine großen Stärken liegen,
kann er zu seinen kleinen Schwächen stehen!

Des Kölner Ehrgeiz: Er stellt den Erfolg in der Liebe
über die Liebe zum Erfolg!

An Gewissensbissen hat sich der Kölner selten die Zähne ausgebissen –
denn er könnte ja dann auf dem Zahnfleisch gehen.

Es gibt süße kölsche Mädchen, die verdrehen einem so lange den Kopf,
bis man ihn – völlig überdreht – verliert.

Wenn der Kölner Hahn im Korb ist,
geht er auch mit den Hühnern zu Bett.

Der Kölner ist kreativ: Wenn er seiner Phantasie freien Lauf lässt,
läuft es phantastisch!

Das, was man aus seinem Leben macht,
macht das Leben aus: kölsche Lebenserfahrung.

Wenn sich der Kölner in Schale wirft, ist er wie aus dem Ei gepellt!

Was der Kölner im Scherz sagt,
sollte man nicht allen Ernstes weitererzählen!

Wenn der Kölner auf die Pauke haut,
dann zieht es einem das Trommelfell über die Ohren!

Wem der Erfolg zu Kopfe steigt, der muss da auch
noch genügend Platz gehabt haben, meint der Kölner.

Den Kölner kann man nicht aus der Reserve locken,
denn er verhält sich nie reserviert.

Mit seinem Vogel kann man in Köln auf einen grünen Zweig kommen.

Mit einem Anflug resignativer Melancholie
kann man beim Kölner immer landen.

Je weniger dumm der Kölner ist, umso dümmer stellt er sich.

Wenn er nicht mehr den Wunsch hat, seine Feinde zu überleben,
dann ist der Kölner todkrank.

Heimweh: Wenn der Kölner in die Ferne geht, so geht ihm das nahe!

Der Kölner gibt gerne nach – ein Zeichen dafür,
dass er sich oft für den Klügeren hält.

Der Kölner beherrscht die Kunst, im Gespräch zu bleiben,
ohne dabei ins Gerede zu kommen.

Wenn der Kölner aufschneidet,
so schneidet er auf ihn zugeschnittene Themen an,
um auf diese Weise gut abschneiden zu können.

Wer ein weiches Herz hat, meint der clevere Kölner,
der kann sich nicht auch noch eine weiche Birne leisten.

Der Kölner ist menschlich nicht unsympathisch,
und wenn er unsympathisch ist, dann hat er sich geirrt,
denn Irren ist auch menschlich.

Kölsche Typen

DIETER HÖSS

Kölner Charme

Der Kölner
kann auch
ganz schön
grob werden,
besonders,
wenn er es zum
Köbes bringt.

GERHARD UHLENBRUCK

Der original Kölner ist immer auch ein Kölner Original.

Menschen mit einem Vogel verbreiten mehr Nestwärme, meint der Kölner.

PETER RICHERZHAGEN

Leev Theophanu,

jrad kummen ich us der Pantaljunsstroß, wo am Jivvel vun nem Huus dä Schmithausens Lambät e Bronzreljef opjehangen hät, wat Dich mem Ühm Bruno, dem Ääzbischoff vun Kölle, zeich, wie ehr zwei jrad op e Modellche vun dä Pantaljunskirch lort un zefridde laacht: Dat hammer ävver jot jemaht! Et weed och verzallt, dat des Naaks, wann ne Sturm hült un Rähn op dä Jivvel klätsch, ehr zwei bedröv klacht: »Wat han se bloß met unse Knöchelcher anjefange?«

Jenau dat fällt mer en, wie ich no he en der Kirch em Eckelche op der Bank vör Dinger Dudelad us Stein setze: Wat es met Deer un Dingem Jrav zick Dingem Dut 991 all passeet!

De fingste Kaiserin, die je üvver janz Jermanie un Italie rejeet hätt – se han Dich zickwies janz verjesse un Dinge Sarg vun einer Hött en de ander jedaut.

Kann et sin, dat su e lecker frech un fresch Mädche us der Fände nit en die decke Schohn passte, womet mer he durch de Jäjend talpen dät?

Wie kunnt su ein et Rejiment üvvernemme, flott un schick anjedon met Siggebaselümcher un nem dolle Schmuck, dat de Auge vun dä Adelsfraulück jroß wie Karerädder woodte!

Do muß et einer nit wundere, dat en ärm Nönnche em 15. Johrhundert verzallt hät, Do wörsch ehr em Draum bejänt un hätts Dich bei ehr better beklag, dat Do luuter noch em Fäjeföör am schmore wörsch, weil Do die jermanische Fraue verföhrt hätts, sich met finge Hembcher un Blüsjer un met dörem Schmuck ze behange.

Wat muß Do zom Anbieße jewäs sin, dat en Nonn noch noh 500 Johr wäje dä Sünd Dich em Fäjeföör sohch!

Wie ich su an die Nonn denke, fällt minge Bleck op dat Reljef an dä steine Lad vör meer, die der Hürtens Sepp us dem strohlend wieße Marmor vun der Insel Naxos jeschaffe hät.

Do es nämlich ungen e klei Kälche, wat sich en et Eckelche huck un su en Aat Foßfall mäht. Dat soll dä Münnich Johannes sin, dä Dingem Jung, dem drette Otto, Sproche beijebraht un Dich off en kribbelije Saache berode hät. Un jenau dat wor för die Schwadschnüsse am Hoff widder en Jeläjenheit, Deer jet anzehange, wie Dinge Otto su fröh jestorve wor.

Dä Johannes, dat muß mer zojevve, wor ävver och e Kälche, wat et fuusdeck hinger de Ohre hat: dat Orijinalreljef, wat no em Cluny-Museiem en Paris steit, es vun im.

Hä leeß sich zom Jäjepaps maache un woodt vum Abt zo Cluny als Schmecklecker attackeet.

Jot, loße mer dä Hoffverzäll. Lore mer noch ens jet jenauer op dat Reljef. Do setz Dee un Dingem Otto dä Här Jesus selvs de Krune op der Kopp, wat jo wal bedügge soll: denkt luuter dran, dat ör Maach un Herrlichkeit jeschenk es un en Jnad vum Chef do bovve. Wäd dröm nie huhpöözich!

Üvrijens – wat jet komisch es: ör Mäntel sin die vum Kaiser us Ossrom! Wellt Ehr et denne op die Aat un Wies ens zeije!?

Un Do, leev Theophanu, häs noch su ne staatse Schal vörre eravhange met nem Kassettemüsterche drop. Dat Muster hät dä Hürten jenomme, öm Dinge Sarkophag ze dekoreere.

Un dann kammer do noch lese, Do, Kaiserin, wörsch Frau vun enem Kaiser un Mutter vun enem Kaiser jewäs un hätts he die Kirch met volle Häng beschenk (weil Do Dich he wie derheim jefohlt häs). Dröm hätts

Do Dich och he bejrave loße. Ävver jenau dat stemmp nit esu janz. Wie Do jestorve wors – ne schlaue Kopp jläuvt vor kotem nohwiese ze künne, se hätten Dich am 15. Juni 991 en Nimweje verjeff, weil Do e paar huh Häre jet unbequäm jewode wörsch – do han se Dich en de Medde vum Wesswerk vör dem Altar vum Zint Alban bejrave.

Un dann jing die Ömtreckerei loss, wie Do et jo en Sturmnäächte beklags.

Alsu, 200 Johr nohm Bejräbnis han se die Reliquie vum Albanus en ene Schring jelaht – un Do woodts Pö a Pö verjesse. Su öm 1500 eröm stund Ding Tumba he en de Nöhde. Noch ens su an die 200 Jöhrcher späder rejeet he ne rabiate Abt, dä Die Jravmol avrieße un de Krypta, wo Dingen Ühm Bruno log, zoschödde leet. Do koms en der Schutt vun der Krypta, bes dann öm 1750 eröm dä Abt Eberhard e Rieseloch för singe neue jewaldije Huhaltar usjrave leet, dobei noch e paar Knöchelcher vun Deer fung un die en ene kleine Steinsarg laht.

Do wors för de meeschte Lück futtü! Bes 1892 en neu Heizung enjebaut wäde sollt un e paar Arbeitslück dä Plaatesarg met e paar krütz un quer lijende Knoche un jet Siggestöffje funge.

För et koot ze maache: 1925 kome Ding letzte Üvverreste en ene Eichekaste un jottseidank hät dann 1965 dä Hürten dä finge Sarkophag jeschaffe. Wammer sich üvverlät, dat Do vun 983 an, wie Dinge Otto en Rom jestorve wor, bes 991 dat jroße Kaiserrich met vill Jescheck jäje fremde un huuseije Knallköpp verteidig un zesammejehalde häs, bal Dag för Dag vun Oot zo Oot för Die Volk ungerwägs worsch, dann kütt einem doch ärch komisch vör, dat Do op keiner Kaiserliß steis.

Dobei hatt allt domols der Thietmar vun Merseburg jeschrevve: »Se es, ovschüns Frau un dröm vun Nator nit esu stärk, nit jrad pingelich, wann et dröm jeit ze zeije, wä Här em Huus es – un, wat en ehrer Heimat nit jrad off der Fall es, sei läv op en Aat un Wies, dat kein Hungsfott ehr ne schlääachte Name anhange kann. Et Rich rejeet se för ehre kleine Otto met Mot un Akkuratess. Lück, denne mer traue kann, han et jot bei ehr ston, ävver dä Krade un Fiese speit sei kräftig op der Kopp.«

Leev Theophanu, weiß Do, wat ich no denke? Su jet wie Dich künnte mer och hückzedag widder jot bruche –

Adjüs, bes dis Dach!
Dinge Pitter

INGEBORG DREWS

Die kecke Keun, die zu uns kam ...

Im Jahr 1947 schrieb sie an Arnold Strauss aus Köln: »Hier weiß man ja doch nie, wie lange man noch lebt, und das Katastrophengefühl kriegt man keine drei Tage lang aus den Knochen heraus.« Später im Brief: » ... dass man bei der ewigen Hungerei geistig noch halbwegs normal bleibt – vielleicht ist man aber auch schon völlig verrückt und merkt es nur selbst nicht. Jedenfalls ist für den Augenblick mal wieder der grauenhafte Winter vorbei – Hunger ist längst nicht so schlimm wie Frieren. Mir liegt jetzt nur daran, noch genügend Kräfte aufzubringen, um bis zum Herbst mein neues Buch fertig zu haben. Ich hoffe, es wird ein gutes Buch, das ein Bild gibt, wie es bisher noch keiner geben konnte.« (Der Auszug aus diesem Brief entstammt dem Buch *Irmgard Keun* von Heike Beutel und Anna B. Hagin, das 1995 im Emons-Verlag erschienen ist.)

Sie war in Köln gelandet, im völlig zerstörten Köln. Und das besondere Bild, das ihr Buch hergeben sollte, war das Bild vom letzten Krieg, gesehen von einer Emigrantin, die nach Hause zurückemigriert war, das heißt: heimlich in das von Nazis beherrschte Land sich eingeschlichen hatte, um ihre alten Eltern zu betreuen. In Hönningen hatte sie versteckt gelebt, dann nach dem Krieg in der Eupener Straße im Trümmergrundstück des Hauses, das ihren Eltern gehört hatte.

Sie wurde Mitarbeiterin im NWDR in einer Sendung von Lutz Kuessner, die abends um halb elf life abwechselnd aus Hamburg und aus Köln gesendet wurde und »Kabarett der Zeit« hieß. Das passte. In dieser Periode schrieb sie ihren Roman *Ferdinand, der Mann mit dem freundlichen Herzen.* Das passte auch.

Als sie in Köln lebte, »mit Hängen und Würgen«, wie man richtig sagt, war ich sechs oder sieben Jahre alt, ein Kind. Eines, das ebenso in den Trümmern der Stadt herumstreunte wie sie, Verlassenheit und Abenteuer erlebte.

Zweimal sah ich Irmgard Keun, die Streitbare gegen Mief und Mittelmaß, in unserer Stadt. Sie muss trotz der Kriegsbescherung, die sie aus höherer Warte als ich betrachten konnte, etwas übrig gehabt haben für unsere Trottoirs, diese eigenwillige Irmgard. Sie, die als Kind als so schlimm galt, dass die andern Kinder nicht mit ihr verkehren durften. Schlimm? Sie war eben natürlich. Ein Kölner Handwerker-Vater hätte vielleicht zu ihrem Verhalten gesagt: »Es e Kind. Kinder soll mer gewähde loße.« Sie ist (eben) ein Kind – und Kinder soll man gewähren lassen …

Ihrem Wesen nach war sie, obwohl 1905 in Berlin geboren, weniger eine Berliner Göre als vielmehr ein rheinisches kleines Mädchen. Ihr Buch *Das Mädchen, mit dem die Kinder nicht verkehren durften* konnte aber damals nur im Ausland gedruckt werden. Kaum jemand hat später Notiz davon genommen, dass sie in der Nachkriegszeit – der inzwischen weiter fortgeschrittenen, sozusagen im Wirtschaftswunderkonsum erblühten – mit ihren nun 66 Jahren etwas Eindeutiges über ihre Haltung als Frau geäußert hat – obwohl das Thema Frau und Selbstständigkeit immer mehr aufs Tapet kam:

»Ich habe nie Emanzipation nötig gehabt. Ich war zwangsweise emanzipiert und empfand es als selbstverständlich. Das heutige Emanzipationsgerede geht mir auf die Nerven. Die Frauen sollten sich merken: Die Männer haben zwar politisch die größte Scheiße gemacht – bis zum heutigen Tag. Aber ich möchte nicht wissen, was Frauen machen würden. Außerdem steht einwandfrei fest, es hat genug Frauen in der Geschichte gegeben, die alle Möglichkeiten hatten wie die Männer. Aber wo ist der weibliche Euripides, der weibliche Archimedes, der weibliche Sophokles, der weibliche Kepler, der weibliche Rembrandt, der weibliche Leonardo da Vinci?«

Natürlich würde sie sich auch heute noch mit solchen Sätzen unbeliebt machen. Sie war eine in jeder Richtung Aufmüpfige, Selbstdenkende, ein unangepasstes Individuum. Und sie ist es noch über ihren Tod hinaus. Aber eingedenk des Umstandes, dass die neue, immer noch junge Frauenemanzipation weiter nach ihren Rechten ruft, und weil das Patriarchat eine zu alte Gewohnheit ist, würde man auch heute noch ihre Verteidigung der Errungenschaften des Mannes als Anbiederei an dieses Männliche bezeichnen – was die Keun aber nie nötig hatte. Sie hatte Erfolg, bekam alle Anerkennung, auch ihrer Kollegen – als Schriftstellerin. Sie tat die zitierte Meinung in einem Interview mit Jürgen Serke 1978 kund [*in* Die verbrannten Dichter, *Beltz & Gelberg Weinberg, 1979*]. Zu der Zeit lebte sie schon in der Tiefebene unserer damaligen Bundeshauptstadt Bonn, und sonderbar fremd im neuerlich deutschen Exil – nämlich in einer Zone der Vergessenheit. Sie blieb unbeachtet. Auch rheinische Frauen, seien es Kulturhoheiten oder Verlegerinnen, holten die bedeutende Schriftstellerin nicht hinaus und ans neudeutsche Tageslicht. Der Elan, der Dichter und Denker verehrt und verteidigt, ist im Rheinland manchmal nur schlecht ausgeprägt, nicht als leuchtend zu bezeichnen. Anders ist es zum Beispiel in Frankreich und Russland, und dort im Dorf wie in der Stadt. Aber Irmgard Keun verfügte über eine Wesensart, die in die Gegend von Wein, Weib und Gesang nicht schlecht gepasst hat.

Keine Germanistin aus gutem Hause mit etwas Wohlstandsgeld »an de Föß« kam auf die Idee, über Frau Keun zu promovieren oder einen Artikel in einem Magazin über sie zu schreiben. Anzunehmen ist, dass junge Damen und Herren in Köln und Bonn Irmgard Keun um 1978/80 nicht mehr – oder noch nicht wieder – kannten. Wenig Leute kamen, als sie kurz vor ihrem Tod zu ihrem 70. Geburtstag in der Kölner Zentralbibliothek geehrt wurde. Die Geschichte aber wird es zeigen, dass Irmgard Keun zur Bonner und Kölner Nachkriegszeit gehört hat, in diesem kleinen Zimmer unter dem Dach. Man kann sie mit einem anderen deutschen Satiriker vergleichen, jenem Walter Mehring, der im Zimmerchen eines anderen Hotels – in Zürich (großes Hotel, Zimmer klein, mit Zimmernummer 505) – sein Emigrantenleben zu Ende fristete. Die verwegene, verarmte, gestrandete Irmgard Keun blickte ähnlich in den Rest der früher einmal gemeinsamen Welt, und sie blickte ganz anders als die jungen Frauen der nachfolgenden Generation, diejenigen mit der Sehnsucht nach Selbstständigkeit und der gepriesenen Selbstverwirklichung. Diese saßen wieder wie die Keun vor dem Kriege in Büros, an den übli chen Arbeitsplätzen der Frauen, die nur von wenigen durch bessere ersetzt werden konnten. Sie hatten aber nicht ein abenteuerliches und gefährliches Flüchten und Verstecken im ausländischen wie inländischen Exil vor sich und mussten auch keinen Mut zeigen beim Vorbringen von politisch unliebsamen Aussagen wider die Männer in den Uniformen.

Das kecke Mädchen, das Joseph Roth geliebt hat, glich in der Tat schon früh dem alten Walter Mehring, der wie sie die deutsche Literatur der Vorkriegszeit gelesen hatte. Auch er hatte sich einen Namen gemacht, und er hatte einmal öffentlich als einzige wirkliche (deutsche) Helden Carl von Ossietzky und Rosa Luxemburg genannt. Mehring, der jeden Staat als legalisierte Interessengemeinschaft, als eine Verschwörung gegen das Individuum ansah und das auch sagte, war einer, der an allen Fronten gefährdet war – weshalb er auch kein Hehl daraus gemacht hat, seit Geburt Emigrant zu sein. Auch E. M. Cioran, ebenfalls in einer kleinen Dachwohnung lebend – in Paris –, war der Keun, die später in Köln in der Trajanstraße im neuen Frieden untergetaucht war, ähnlich. Cioran war schon 1937, als rumänischer Student, dorthin geraten und dort »im Zimmer geblieben«; aber nicht als die Erfüllung des Wunsches des berühmten Philosophen Blaise Pascal: Ach, wäre ich doch in meinem Zimmer geblieben … Die Genannten waren unfreiwillig in kargen Zimmern gestrandet. Wie Mehring in Zürich, wie Cioran in Paris – so Keun in Köln.

Einzelgängern war sie verwandt. Journalistisch und literarisch schreibende Herren ihrer Ära haben sie sogleich bei Erscheinen des ersten Buches gelobt: Kurt Tucholsky und Egon Erwin Kisch, Hermann Kesten und Joseph Roth. So hat die Keun nie empfunden, dass die männliche Welt ihr Beachtung versagt hätte, nur weil sie eine Frau war. Aber: Es wusste in der nächsten Generation nicht einmal jemand, was sie geschrieben und dass Frau Irmgard Keun derart impertinent über Frauenemanzipation gesprochen hatte.

Als ich über sie nachzuforschen begann, zunächst bei Jürgen Serke, dachte ich sofort an ihr Gesicht, das ich als Kind gerne näher gesehen hätte. Als Schulkind, in der Kölner Innenstadt, das erste Mal. Ich saß mit meinen Eltern im Kölschen Boor am Rudolfplatz beim Abendessen.

Frau Keun, das erste Mal

»Da ist sie wieder, da vorn, an der Theke. Das ist Irmgard Keun – Schriftstellerin. Sie hat ein Buch geschrieben, das heißt *Das Kind, mit dem die andern Kinder nicht verkehren durften.*«

Ich sah hin zu der Theke. Da stand eine Frau ganz allein vor ihrem kleinen Glas. Ich sah sie mir noch nicht so genau an. Aber was die Mutter von dem Buch gesagt hatte, das interessierte mich. *Das Kind, mit dem die andern Kinder nicht verkehren durften*?

Wie ich! Mama sagte »Rabauke« zu mir … Wieso hatte die Frau so ein Buch geschrieben? Sie, so erwachsen, hatte doch gar keine Erfahrung! Oder doch? Ich dachte an die Schule, Peinlichkeiten. Vorgestern der Annemarie M. Haare ausgerissen, weil sie immer auf der Straße tanzte, eingebildet, obwohl sie doch nur eine Ziege war. In dem grässlich langen Kleid, das aus Gardinen genäht war, ein lappiges Stück, wie der Krieg sie schmuddelig übrig gelassen hat. Immer was aus den Lumpenkisten, das trugen wir ja alle. Aber unsere Lumpenkiste zu Hause war schöner, darin lagen nicht so gräuliche lappige Gardinen.

Die Annemie tat immer ganz groß, aber sie tanzte wie eine Bohnenstange. Sie drehte jedoch die Arme wie eine Schlange. Dabei machte sie ein heulendes Geräusch. Und das dann auch noch selber Klasse finden und auf mich runtergucken, als sei ich ein Kalb. Sagte sie nicht auch »Kalb« zu mir? Gestern morgen hatte Annemies Mutter das Büschel Haare der Lehrerin gezeigt. Annemie zeigte sich mir nicht mehr. Entschuldigt habe ich mich auch nicht. Es kamen sofort zwei Banden auf, ihre und meine. Aber meine war stärker.

Annemie durfte nicht mehr mit mir verkehren.

So ein Buch sollte die Frau geschrieben haben?

Nun sah ich doch zu ihr hin. Was die vielleicht doch für Sachen wusste – Sachen, die keiner weitersagt. Sie wusste das sicher von sich selber, von früher. Sie stand einfach selbstständig da. So wie meine Eltern immer redeten von »den Selbstständigen«, das waren dann Geschäftsleute. Die Frau stand so an der Theke, wie selbstständige Geschäftsmänner. Das Schöne war, dass sie sich überhaupt nicht genierte. Aha, dachte ich, so kann man also später werden – wenn Mütter den andern Kindern verbieten, mit einem zu verkehren. Man macht dann immer weiter, was man will. Es ist ja auch schon egal, man ist dann langsam gewöhnt, dass keiner mehr mit einem kommt.

Die Frau lehnte jetzt an der hohen Stange des Tresen und sprach mit dem Mann hinter der Theke. Der trocknete Gläser mit einem karierten Handtuch ab. Es war zu merken, dass sie ganz allein war. Sie sagte auch nicht: »Mein Mann kommt gleich.« Dann machte sie sich eine Zigarette an. Das war eine ganz andere Frau als meine Mutter. Obwohl auch meine Mutter sich Zigaretten anmachte. Und obwohl Mama stets beteuert hat, dass sie eine richtig selbstständige Geschäftsfrau wäre.

Die Frau da vorne war mehr so wie … Ich wagte es nicht zu denken. Das konnte ja gegen Mama sein. Aber ich fand die Frau prima, wie sie da stand in der Kneipe, das heißt »Gastwirtschaft«, was ja das Gleiche ist. Ich hatte aber in dieser Gastwirtschaft immerhin ein wunderbares Russenei bekommen, hier am Rudolfplatz; ein Russenei, das waren drei halbe Eier mit viel kaltem Kartoffelsalat und grünen Gurkenstückchen, es machte herrlich zufrieden, pappsatt.

Wie die Frau bloß da stand … wo doch Leute wie sie gar nicht vorkamen. Weil ich nun wieder hinsah, tat es meine Mutter auch, mit einem misstrauischen Blick, den sie manchmal im Auge hatte. Obwohl sie doch immer sagte, Missgunst und Misstrauen seien niedrig. Neid sei besonders sehr niedrig. Sie meinte nun leise zu meinem Vater, und dabei hob sich eine ihrer Augenbrauen: »Der Wirt sagt, sie trinkt.«

Dieser Satz gefiel mir überhaupt nicht. Ich konnte das schlecht verbergen. Mama würde mich aber unverschämt finden, das wusste ich. Nie durfte ich etwas gegen sie sagen. Darum nahm ich schnell das letzte halbe Ei und stopfte es in den Mund. Ich sah dabei meinen Vater an und wusste, der mochte diese Sätze auch nicht. Das tat mir gut. Es antwortete der Mama also keiner.

Mein Vater sah einfach nicht hin zu dieser Frau Keun. Aha, so macht er das jetzt, dachte ich. Er kaut weiter und macht nichts.

Mir fiel beim Verschlingen des harten Eies ein, dass mein Großvater wiederum einer war, der seinen Kindern, meinen Tanten, auf solche Sätze stets antwortete: »Das geht uns nichts an.« Mama aber behauptete von dem Opa, er habe den Verstand verloren, ginge nachts seine Freunde suchen auf der Straße. Der Opa war alt und hatte zwei Kriege erlebt.

Sie hatte oft solche Sätze. Ich merkte dann: Sie tat so, als sei außer ihr keiner zuständig – wenn man nicht antwortete. Wir wussten beide, Papa und ich – ohne je darüber zu sprechen –, es würde sich daran nichts ändern. Manches ändert sich nie.

Ich sah jetzt, wie die Schriftstellerin aus ihrem kleinen Glas trank. Das waren Gläser, die hatten drei oder zwei rote Linien rundherum, ins Glas eingraviert. Nahe unter dem Rand. Sicher denken die alle hier das, was Mama gesagt hat, ging mir durch den Kopf. Nur weil die allein an der Theke steht. Aber es stehen doch sonst noch viele an der Theke, Männer. Denken sie das dann auch von all den Männern? Wenn es Mama denken würde, hieße es dann: »Der trinkt.« Nur, weil da ein kleines Glas steht? Aber sie denken es bestimmt alle nicht, bei den Männern an der Theke.

Für mich war die Schriftstellerin eine Frau, die nichts besonderes tat. Aber das war gerade das Besondere. Mama machte ein Mündchen. Das hieß: »Wie ungehörig.« Sie schrumpelte den Mund, als sie zu der Frau an der Theke blickte. Aber die machte keinem was vor. Mama hätte, wenn ihre Freundin dabei gewesen wäre, vielleicht geflüstert: »Die da vorne wagt das zwar, aber man wird als Frau allein vom Kellner immer schlechter behandelt; sie ist selber schuld. Eine Frau kann nicht allein ausgehen.« Und dann hätte sie wieder von Benehmen geredet und den Mund geschrumpelt, wie auch jetzt. Was ist bloß Benehmen, dachte ich. Man soll sich immer »benehmen«. Das ist: Besonderes tun, wenn nix Besonderes los ist. Sie wollen, das man etwas nachmacht. Das ist aber schwerer, als wenn man etwas von allein tut. »Gib das schöne Händchen«, sagen sie zu Kindern, als hätte das Kind eine schöne und eine hässliche Hand. Das Kind will die Hand gar nicht hinstrecken. Es will auch nicht grinsen, wie es die Großen tun. Wenn man aber brav grinst, rufen sie: »Niedlich!« Sie sagen dann auch leichter Ja zu was. Ein Kind lacht aber nur Leute an, die prima sind. Ob das mit dem Benehmen der Frau da früher auch so auf die Nerven gefallen ist? Und das mit dem Händchen und das ganze Gedöns …

Also, dachte ich, das ist doch nur so, damit einer merkt, er kann noch nicht wie die Erwachsenen, will auch nicht so wie die – und dann soll er sich deshalb schämen … Warum hat die das Buch geschrieben?

Der Papa zahlte, das Russenei war verputzt. Auch die Eltern hatten fertig gegessen. Nun freute ich mich, dass wir an der Frau Schriftstellerin vorbeigehen würden, hin zum Ausgang. Da stand sie noch immer an der Theke. Ich grinste sehr und ging als Leuchtkugel auf sie zu. Aber wie so oft im Leben merkt einer das Leuchten des andern nicht. Sie stand da, ich sah hinauf. Und schon waren wir draußen.

Das zweite Mal Frau Keun

Viel Zeit verging, ohne Bezug auf Irmgard Keun. Im reifen Alter von dreißig Jahren sandte mir eine Freundin Auszüge aus einem Buch, das in meiner Kindheit mit einem etwas falsch zitierten Titel von Mama erwähnt worden war: *Das Mädchen, mit dem die Kinder nicht verkehren durften.* Das ist das rechte Buch für uns, meinte die Freundin, und wir nannten uns fortan Klara und Trautchen.

Frau Keun aber, die Schriftstellerin von der Theke, schien etwas gealtert in meinem Kopf, das hieß: Wie alt war sie nun wohl? Mehr hieß es aber: Warum hatte ich sie nie gelesen? Gewiss hatte sie eigentlich keine Altersstufe. Ich las nun ihre Texte und machte ein Porträt von ihr, zeichnete es nach Fotos und stellte es in der Zentralbibliothek aus, in einer Ausstellung anlässlich eines Jahrestages der Bücherverbrennung. Später wurde sie selber offiziell aus dem Dunkel geholt, bei einer Feierstunde und Ehrung in der Kölner Zentralbibliothek zu ihrem 70. Geburtstag.

Das erlebte ich und konnte sie endlich näher sehen. Es wurde zunächst angekündigt, sie würde in Köln lesen. Da wurde ich wach. Ich könnte an ihr vorbeigehen, noch einmal!

Meine Verehrung war nicht einen Deut geringer geworden. Weiß der Himmel, was die immer so hoch besungene Liebe eigentlich ist.

Schon früh saß ich in dem Keller, da man in dem schönen Hause Zentralbibliothek den Schriftstellern nur den Kellerraum zu Lesungen leiht. Bedeutenden, älteren Schriftstellern ist hier schon schlecht geworden. Das alles tat aber den wahren Künsten der Frau Uta Biedermann, die die Lesungen bestimmte und Schriftstellern ehrlich und tatkräftig geholfen hat, keinen Abbruch.

Ich saß in der zweiten Reihe und war aufgeregt wie ein Kind, als handelte es sich bei dem Raum immer noch um den Kölschen Boor am Rudolfplatz mit einer Theke nahe dem Eingang. Dann das übliche Gebrumm, wie immer vor Lesungen. Ich fühlte Dank gegenüber dieser Frau Biedermann, die etwas von Außenseitern und frechen Kindern versteht, also literarische Kompetenz hat. Sie hatte es nach vielerlei Bemühungen fertig gebracht, Frau Keun aus dem Kölner Trajanstraße-Exil, dem Domizil in der Südstadt mit dem vornehmen Namen »Haus Baden«, zu holen.

Das Gebrumm endete plötzlich.

Frau Keun kam. Unauffällig. Sie kam nur so herein. Ich konnte sie genau sehen. Sie war es – wie damals. Es gab offenbar keine Pause zwischen Kölsche Boor und Zentralbibliothek. An solchen Menschen ist bemerkenswert, dass an ihnen immer zuerst das erscheint, was unverwüstlich ist. Persönlichkeit ist gewiss eine Sache, die nie dazukommen kann, sie ist eingebaut oder nicht. Die »Haltbarkeit« der Irmgard Keun machte mich sofort glücklich. Sie war die vollständige Frau Keun, obwohl sie ein wenig schwach wirkte, was ihre Gesundheit betraf. Und: Sie trug schon eine Brille. Mir schien es auch so, als trüge sie eine Perücke. Dass sie eine schöne Frau gewesen war, trotz Brille und Perücke, war sichtbar. Und sie war eine Mokante. Später rief Reich-Ranicki in einer seiner Fernsehsendungen einmal aus: »Die schrieb gut, die Irmgard Keun, und die war ein richtig hübsches Mädchen!« Dabei blähte er seine Froschlippen.

Dass sie lange verschollen gewesen war, wusste hier jeder. Zuallererst hatte sie Schauspielerin werden wollen, dann sei sie schon vor dem Krieg eine berühmte Schreiberin gewesen, so hörte man in den Anmerkungen. Nun wusste das Publikum ein paar Fakten. Es war nicht nötig gewesen, dass Schönheit, Beachtung, Ruhm bei ihr blieben, denn ein »Oh wie schade, dass sie alt ist« rührte sich nicht, diese üblichen Rügen an einer Frau, dazu noch einer Intellektuellen, wenn sie es wagte, nicht mehr so gut auszusehen, und dieses begleitende hämische »Nun eben nicht mehr«. Nach einem klassischen Ausruf meiner Mama galt nämlich Folgendes als unausgesprochene Volksweisheit: »Alles darf die Frau, nur nicht alt werden.« Hier aber galt vorrangig – Mama hätte erneut den Mund geschrumpelt – das Eigensinnige. Keuns Charakter atmete im Raum, ihre Anmut, ihre Mokanterie. Nun war sie, hier im Keller der Stadtbibliothek, die große Alte. Jedoch auch eine kindlich Aufmüpfige, irgendwie »anders herum«, nämlich bar eines ordentlichen Kostüms. Eher eine Erscheinung von aufreizender Unauffälligkeit, ärmlich, ja ramponiert. Eine Größe der Vergangenheit, früher elegant, jetzt grotesk nachkriegshaft der Aufzug. Mama hätte geraunt: »Dass die aber so gar keinen Geschmack hat. So viele Bücher geschrieben ...« Und dann hätte sie noch zugefügt: »Eines hieß doch: *Das kunstseidene Mädchen*. Aber die hat heute tatsächlich Söckchen an, und was für Schuhe, Kinderschuhe, Sandalen. Und ein Sommerkleidchen, hätte sich doch was Ordentliches anziehen können ...«

Mir dagegen erschien Frau Keun jetzt endlich als das Kind, das sie einstmals gewesen sein musste. Unverrückbar, aufmerksam, frech in ihrer puren und unbetrügbaren Wahrnehmung. Dazu ein Anteil schöner Scheu. Sie machte wieder gar nichts daher. Da sie aber beim Schreiten zum Podium etwas schwankte, stichelte es hinter mir aus dem Publikum mit giftiger Stimme: »Sie ist natürlich wieder betrunken!«

Herrlich, dachte ich bei mir, wenn sie – zu spät geehrt, zu spät beachtet – betrunken zur Lesung kommt! Ich hätte aber gerne gleichzeitig hinter mich in die Richtung der Stimme gespuckt. Nur war natürlich leider die Zeit vorbei, in der ich an den Haaren unausstehlicher weiblicher Wesen mit nur geringem eigenem Schaden hatte reißen können, und auch das Spucken war nicht mehr ungefährlich.

Frau Keun blickte freundlich um sich. Sie wurde begrüßt und vorgestellt. Weil es eine Ehrung war, kam ein junger Fachmann, Germanist, der aufmerksam über sie sprach und sie auch anblickte. Irmgard Keun hörte nicht genau zu. Sie sah, dass er sie ehrte, und ohne seine Rede abzuwarten, umarmte sie ihn heftig und küsste ihn.

»Unmöglich«, zischte die Stimme hinter mir, »unmöglich! Jetzt umarmt sie den jungen Mann! Man weiß ja, wie sie ist!«

Der junge Mann wurde rot, aber nicht verlegen. Er schien stolz auf Frau Keuns plötzliche Regung zu sein. Man sah die beiden stehen, den jungen Mann und die Dame von siebzig. Sie mit den Söckchen und dem Sommerkleidchen, ihn im Anzug. Sie stand gerade und wartete. Seitlich befand sich der Tisch mit dem Glas Wasser. Weitere Ehrungen standen an, eine Laudatio, Bemerkungen zu ihrem Gesamtwerk und so weiter – und da dies alles recht verspätet geschah, kam es reumütig und gehäuft. Nun redete eine junge Dame, auch Germanistin, die mit roten Wangen und echter Begeisterung Schönes, Kluges und Wahres über die Schriftstellerin sagte. Über diese Irmgard Keun, die wieder nicht zuhörte. Sie sah nun auf die junge Dame mit den frohen Wangen und dem klaren Gesichtsausdruck. Dann ging sie mitten im Text der Laudatio auf die junge Dame zu, umarmte und küsste sie.

Hinter mir kam ein abruptes »Oh!«. Darin ein Gedanke vernehmbar: Die Keun hat eine Frau geküsst! Und kaum, lässt sich denken, fanden bisher auf solchem Podium derartige Liebesbekundungen statt. Weniger noch vorstellbar, wie es so unverblümt geschah. Es ging eine Bewegung des Staunens durch den Raum. Frau Keun stand still, wie damals vor der Theke. Sie hatte keine Bedenken. Auch die junge Dame freute sich, war aber etwas verschämt und geriet ins Stocken. Es ist eben jedem Germanisten und jeder Germanistin ungewohnt, dass eine geehrte Person die ihr zugeschriebene Laudatio küssend zum Stillstand bringt.

Die Autorin begab sich nun endlich zu dem kleinen Tisch. In den Händen hielt sie Manuskriptseiten und setzte sich unter der Leselampe ruhig zurecht. Unterhalb der Tischkante sah man den Saum des Sommerkleidchens, weiter unten die gerollten Söckchen in den Sandalen.

Sie las ruhig, präzise. Sie machte schöne Pausen, blickte die Leute an. Sie atmete harmonisch, trug aus ihren verschiedenen Büchern vor. Nun kamen ihre Lebensabschnitte zum Vorschein, die glänzenden frühen und dann die schrecklichen, verdorbenen Zeiten. Minutiöse Beobachtungen, wiedergegeben mit dem intakten Stolz, sich nicht unnötig belehren zu lassen. Hinsehen selber, immer selber! Die emanzipierte Keun mit dem ureigenen Auge, ihrer eigenen kecken und treffenden Sprache. Schneidende Aussagen auch, Hohn auf die Scheinwerte, den Bürgermief. Ein Wunsch nach kräftigem, direktem Leben. Und das Wissen: Es muss alles teuer bezahlt werden. Besonders all das, was aus dem gewohnten Rahmen fällt.

Manchmal klang in einer Wendung wieder das Kindswesen durch, das Wesen des Kindes, mit dem die andern Kinder nicht verkehren durften … Es war, als gäbe es einen klaren Blick zurück in die auch einmal selige und sonderbare Welt ihrer Kindheit. Das Nörgeln der Erwachsenen war darin vernehmlich – das Trampeln der Nazis hatte noch nicht begonnen. Ein Ort, eine Umgebung, wo Vertreibung noch undenkbar war.

Ihre Konzentration ließ nicht nach, sie las beträchtliche Passagen. Wie lange hatte sie wohl nicht mehr vor Publikum gelesen? Und was hatte kürzlich Wilhelm Unger von ihrer beider Freundschaft berichtet? Es ging mir durch den Kopf, wie er erwähnt hatte, dass sie oft so geschimpft hätte … Auch mit ihm, Unger, der von einer vielleicht in ihm angelegten unausweichlichen Versöhnlichkeitshaltung war, die sie aber niemals »Opportunismus« genannt hätte. Unger, der selber nun auch sein Unwirsches von Zeit zu Zeit herausließ. Es hatte sie seine Versöhnlichkeit manchmal so aufgeregt, dass sie gerufen hatte: »Wilhelm, du musst das Hassen lernen!«

So predigte also die Christin dem Juden nach diesem Krieg und nach beider Heimkehr. Sie waren entsetzt, als sie sahen: Das ungeheuerliche Geschehen wird gar nicht bearbeitet. Dass die Schande einfach ruhte, bemerkten diese vertriebenen und vergessenen deutschen Schriftsteller, zurückgekehrt in eine unkenntlich gewordene Stadt. Da saßen sie an den Abenden, aneinander sich reibend, erhitzt die Gehirne im nächtlichen Haus Baden, in dem sie nun beide wohnten. Später kam Albrecht Fabri dazu. Streitbar auch er, angestrengt beobachtend die stets wiederkehrenden Finsternisse – kein barmherziges Alter.

Irmgard Keun las weiter. War sie nun doch erschöpft? In zwei Jahren sollte es zu Ende sein mit ihr.

Wieder sah sie freundlich im Halbdunkel die Leute an. Die Zeit der Ehrung und der Lesung war vorüber. Man zollte ihr Respekt. Jetzt der Applaus. Er hatte das frische Rauschen, das er nur hat, wenn er echt ist. Es war auch ein Danke-Sagen darin. Frau Keun ging aufrecht zum Ausgang. Die Alte hinter mir hatte ihre Bemerkungen eingestellt und klatschte wie im Traum in die Hände.

ARNO
FAUST
1918
198

DIETER HÖSS

Arno Faust

In seinem Leben
gab es mehr als eine
gesprungene Saite.

Solange ich ihn kannte,
war er pleite,
tat trotzdem vergnügt.

Sang zur Jitarr wie einer,
der vor allen anderen
sich selbst betrügt.

Soff wie einer, der
vor allem anderen
seine eigenen Erinnerungen
ertränkt.

Zeichnete wie einer, der
sein Talent zuletzt nur noch
am Tresen verschenkt.

Als sie ihn auf Melaten
begruben, tat sich der Himmel auf,
die Wunderkerzen wollten
nicht brennen, die Trauernden
wurden klatschnass.

Da hatte der Arno nochmal
seinen Spaß.

DIETER HÖSS

Will Thonett

Als er mit einundvierzig,
eines Morgens tot umfiel,
sagten die Greise,
die davon hörten:
So einen Tod
wünsche ich mir auch!

HEINRICH KRONEN

Der Divertissementchenmacher

Klaus Rohr und das »Zillchen«

Ein Theatermann war er, in Köln geboren und groß geworden … ›Groß‹ – geworden? Nun ja, zunächst einmal: aufgewachsen. Aber schließlich auch: ›groß‹ geworden, ›prominent‹ – jedenfalls auf einem Gebiet, das jedem Kölner lieb und nie zu teuer ist, das er aber leider, weil's so viele lieben, selten erleben kann: Et Divertissementchen!

Das zählt schon was, wenn man ein Dutzend dieser köstlichen Bühnenstücke, Volksopern im wahren Wortsinn, Vergnügungswerke, Lustspiele geschrieben hat; ein Dutzend, das auch aufgeführt wurde!

Als Bühnenautor jedenfalls war er mit seinen kölschen Musikalfestspielen erfolgreicher noch als auf jedem anderen Gebiet der Theaterschreibkunst, dieser Klaus Rohr. Und – darf man's denn sagen, ohne irgendwem, der auch seine Verdienste hat, auf den Schlips oder die Sandalette zu treten? – und also: er brauchte keinen Übersetzer! Er beherrschte das Kölsche, diese hochlebendige Stadtsprache perfectissime. Er hatte es ja von Kindesbeinen an gesprochen, und er hat sie immer geliebt, sing Muttersproch, und er hat sie selbst stets fleißig geübt, als Schauspieler und Sprecher auch bei der ›Kölschen Kumede‹ und noch bei Lesungen im hohen Alter; noch mit 75 las er vor einem begeisterten Publikum in öffentlichen Veranstaltungen »Krätzcher us Kölle«. Er konnte sein Kölsch explizieren, schon zu einer Zeit, als es noch keinen

›Wrede‹ gab, den unsereins gar so oft aus dem Regal ziehen muss. Er spielte mit dieser Volkssprache, die ihm Instrument seiner Kunst wurde, und vor allem spielte er mit ihr in seinen Divertissementchen.

Als Divertissementchen-Macher eben wurde er ja stadtbekannt. In Köln. Da, wo die Sprache wuchs, die er mit so viel Heiterkeit kultivierte, vergnügt für sich und vergnüglich für andere! Tief verwurzelt war er in der Stadt am Rhein mit Herz und Seele. All ihr Werden – von ›Colonia‹ bis ›Cöln‹ und ›Kölle‹, die ganze Geschichte herauf und herunter – das hatt' er sozusagen eingesogen, ävver och studeet! Köln, das kannte er in- und auswendig. Sonst hätte er auch wohl kaum die Geschichten finden und zusammenweben können, die roten Fäden für die Bühnenstücke. Ideengeber war er für so viele Divertissementchen, Schreiber dann und schließlich Regisseur. Ein Mensch, der Stücke fürs Theater schreibt und das in Form von Divertissementchen tut, der kann, weil's eben diese nur in Köln gibt, nirgends sonst, in keiner anderen Form als in Gestalt des Kölners vor uns treten: Ein Mensch mit Divertissementchen ist ein Kölner!

Wer nun von außen kommt und dann nach Köln hineinblickt, fragt vielleicht, was das denn wohl Besond'res sei, ein ›Divertissementchen‹. Alsdann, man sieht sofort: ›Grande Nation‹, sie redet hier mal wieder mit; bloß nasalieren, das können Kölner nicht; und sie verkleinern noch das Wortungetüm, indem sie es rheinisch verlängern. Also, etwas Lustiges ist es gewiss, und zwar auf der Bühne mit Musik und mit Tanz – einem stets urkomischen Ballett – und mit viel Gesprochenem (›Rezitativ‹ heißt das im ›richtigen‹ Theater), das Ganze in kölscher Mundart. Dass dies kein Dialekt, sondern eine – wie würde man's heute schreiben? – eine ›mund-art‹ sei, das meinte schon Johanna Schopenhauer[1]: Sie »scheint eine ganz eigenthümliche, für sich bestehende Sprache zu sein …, die durch eine Menge verstümmelter, ursprünglich französischer Worte, welche während der langen Oberherrschaft der Franzosen in dieselbe aufgenommen wurden, noch seltsamer wird … Verstehen und sprechen können muss diese Volkssprache jeder Einwohner von Köln … Im Munde der Gebildeten hat sie sogar eine gewisse anmuthige Naivität, die, besonders im Munde der Frauen, sehr angenehm werden kann; auch ist sie aus den engeren Familienkreisen, selbst der vornehmeren, noch bei weitem nicht ganz verbannt, und Anklänge aus ihr werden selbst beim Hochdeutsch der geistreichsten und gebildetsten Männer und Frauen bemerkbar … übrigens halten die Kölner ihre eigentliche

Volkssprache sehr in Ehren; sie im Theater zu hören, macht ihnen immer viel Freude.«

Dann jöck, weed d'r Nikolaus Rohr jedaach han, widder e nöh Divertissementche: Ein bisschen Vaudeville, Operette, Musical – und doch keines davon. Schon allein deswegen, weil das ›Drama‹, das Thema, ein kölnisches sein muss, ein Ereignis in Köln, das hier und kaum ›draußen‹ interessiert, und das eigentlich auch nur in Köln (und im Kölner Umland) herzergreifend zu wirken vermag – ›identitätsstiftend‹ sagt man wohl auch. Übrigens stiftet es nun schon ziemlich lange, seit 1874![2] Die herzergreifenden Stifter kölnischen Gemeinschaftsgefühls sind ausschließlich Männer, Mitglieder des Kölner Männer-Gesang-Vereins (KMGV), die damals, als der 1842 gegründete Verein gerade ein Haus mit dem wunderschönen Namen »Wolkenburg« erworben hatte, eine Bühnenspielgemeinschaft schufen und sie – St. Cäcilia war nicht weit – »Cäcilia Wolkenburg« (das »Zillche«) nannten.

Wenn es eines Beweises bedarf, dass das alljährlich zur Karnevalszeit aufgeführte Divertissementchen in Köln als Kulturgut angesehen wird: Schon 1875 tritt dieses nicht nur sanges- und spielfreudige, sondern überhaupt fröhliche Ensemble im Theater der Stadt auf, seit 1958 im Riphahn'schen ›Großen Haus‹, in der Kölner Oper.[3]

Und eben da führte Klaus Rohr am 25. Januar 1959 zum ersten Mal öffentlich Regie bei der »Cäcilia Wolkenburg«: *D'r Kampf öm dö Duffesbach*[4]. Das Stück behandelt einen Streit zwischen Hürth und Köln um das Wasser des Baches, an den noch heute Straßennamen erinnern wie: Am Duffesbach, Weidenbach ... – ›die Bäche‹ halt – bis zum Filzengraben. Schon 1558 war es zu einer Duffesbach-Konvention gekommen. Im aktuellen Stück, das im Jahre 1617 spielt, heißt es über die Kölner: »... talpe no Höht en düstrer Naach, halde Waach am Duffesbaach.«

In Hürth gipfelt die Strategie in dem Satz: »Kumm, loss mer tirre jonn!« (»tirre jonn«, von frz.: tirer le chausson = Reißaus nehmen). Auf solche Weise wurde der Streit ziemlich friedlich beigelegt, so jubelt letztlich der ganze Chor:

»Die Kölsche un die Höhte Bure,
die dun sich nit mieh schäl beluhre.
Vorbei es jetz dä janze Strick.
Et ess su wick – et ess su wick.«[5]

Diesen Kampf jedenfalls entschied Rohr für sich; Publikum, Spieler und Vorstand des KMGV und nicht zuletzt des »Zillchens« waren sich – in umgekehrter Reihenfolge ihres Einflusses hier aufgezählt – einig: Das ist unser Regisseur! Das wurde er dann. Und er blieb es, bis, nachdem er 70 geworden war, der Vorhang fiel nach der *Kirmes im Veedel.* Da war er längst Ehrenmitglied des renommierten Gesang-Vereins geworden und hatte sich einen Namen gemacht in seiner Vaterstadt.

Dass man ihm, Klaus Rohr, nach dem Erfolg am Duffesbach, das Regiment bei den späteren Aufführungen vom Divertissementchen anvertraute, war kein Zufall: Stücke auf die Bühne zu bringen, das hatte er nämlich gelernt. Regie zu führen, das war sein Beruf; er war Dramaturg (dazu noch so manches anderes, mit Verlaub aber bitte: später, weiter unten); er war der erste Professionelle, sage ich mal, unter denen, die bis dahin – immerhin über ein Dreiviertel Jahrhundert – das »Zillchen« dirigiert hatten.

Speziell hatte er Ahnung vom Divertissementchen, bevor er selbst das erste Mal den ›Bühnengang‹ betreute. Schon 1954 hatte er für die ›Session‹, wie – wer weiß es nicht! – in Köln die Karnevals-Saison heißt, vermutlich weil sich Sitzung an Sitzung reiht, als wär's nur eine einzige … also schon damals hatte er, zusammen mit Philipp Uerz, dem »Zillchen« ein Skriptum angeboten, das des Vorstands Zustimmung fand und schließlich auch die der Kritiker: *Poßkreeg en Kölle.* Dem ersten Streich war dann auch gleich der zweite gefolgt: Für das Jahr 1955 lieferte Rohr, wieder mit Uerz zusammen, der Wolkenburg-Spielschar erneut das Stück für die Bühne; es ging um die Aufregung in der Rheinmetropole angesichts einer Gefahr aus dem All: *D'r Komet kütt.*

Nach solchen Vorerfolgen kam dann 1959 der Sprung – wegen einer Krankheitsvertretung – in die Regie; sie brachte ihm Bravos von allen Seiten! Da hatte er nun endgültig richtig ›Spaß an d'r Freud‹ beim »Zillchen«: Jetzt fing er an, ganz allein Divertissementchen-Texte zu schreiben, und hatte dabei immer schon dramaturgische Ideen im Kopf. Im Frühjar 1960 brachte er das Erhard'sche Restaurations-Mirakel als *Et Weetschaffswunder* auf die Bühne. Natürlich denkt der Kölner bei »Weetschaff« zuallererst an die nächste Kneipe, und dieser deftig-sinnliche Begriff von der Sache wurde das Zentrum des Spiels: Josefa Schmitz heißt der personifizierte Wohlstand:

»üvver'm große, nasse Teich,
en d'r Weetschaff wurd ich reich
... ich mahd ... Röggelche met Kies.«

Sie kehrt in die Heimatstadt zurück, und der Autor ahnt die Fun-Park-Gesellschaft voraus.

»«jetz wo die Dollars
no Kölle rolle erén,
bruchen mir üverhaup
nie nix mieh zu dun.«

Und die Nachbarstadt?

»Düssel-dorf
bekom ... eine Korv.
Do kütt et Wunder
nit hin.
Et kütt nur
noh Kölle am Rhing.«

Das kam an im Saal und in der Stadt.

»Heil sei dem Tag,
an dem du hier bei uns erschienen!
... Dröm dreimal Heil ...
widibum, widibum!«[6]

So sang der Vorstand dem Schreiber und Dramaturgen, und er behielt den Regisseur ›fürs nächste Jahr und noch viel mehr‹.

Also ging Klaus Rohr sogleich wieder ans Werk. Für 1961 griff er ein Ereignis aus dem Jahr 1909 auf: *D'r Zeppelin kütt.* Eine Zeitung hatte damals berichtet: »Am 5. August 1909 glückte ... die Fahrt nach Köln und die Landung auf dem Butzweiler Hof«. Die Stadtverordnetenversammlung »genehmigt die Übernahme der durch den Besuch Seiner Excellenz des Herrn Grafen Zeppelin und des Luftschiffs Z II entstandenen Kosten mit insgesamt 417,75 Mark ...«[7]

Anno 1962 kehrt Antony Smiss, d'r Tünnes offensichtlich, aus dem

Wilden Westen nach Köln zurück, um die *Brijitte-Kirmes* zu feiern, begleitet von einem *Indianer en Kölle.*[8]

1964 wird eine Krone in Köln verhökert: *De Krun vun England.* Zwei Jahre später wird Titelheld *Dä Kaiser vun Kölle*; vor diesem, Markus Cassianus Latinius Postumus, tanzen im Jahre 259 n. Chr. zwei Ballette, die »Päälejrave-Sisters« und die »Isis-Tempel-Jungfrauen«; mit von der Partie ist die Mutter des Kaisers, Postumama.

Ein bisschen neuzeitlicher wird's 1970 mit einem ›*Köbes*‹[9] *de Cologne*, hier mit einem ganz besonderen Köbes; im Programm heißt es: »Dieses Divertissementchen ist eine Huldigung für Jacques Offenbach – Ehrenmitglied des Kölner Männer-Gesang-Vereins.«

Für eine Verlegenheit anno 1971 findet man die ›kölsche Lösung‹: *D'r Zeppelin kütt … noch ens*! Und das ist hier die beste Gelegenheit für ein Apropos: der Divertissementchen-Autor arbeitet immer nur für eine einzige Spielzeit; Wiederaufnahmen gibt's nicht; dies ist eine bislang noch nicht publicite behandelte Singularität.

En Scheffstour noh Königswinter (1972), das ist eine Unternehmung, der ein Kölner (mehrfach im Leben!) nicht ausweichen kann; will sagen, man kennt das, was da gespielt wird, und man erlebt das Bühnenstück als Widerspiegelung eigener Erfahrung. Erst recht gilt solcherlei für *Rusemoondach* (1973).

1974 schließlich spielt die »Cäcilia Wolkenburg« sich selbst in einer kölnischen Variation des alten Pygmalion-Themas, und zwar aus Anlass ihres 100. Gründungsjahres: *My fair Zillchen.* Der Titel allein schon suggerierte jedem Kölner, jedem Divertissementchen-Freund zumal, dass es sich um etwas Besonderes handeln musste – wenn auch der ›Mann im Parkett‹ nicht unbedingt gerade das Centenariumsdatum der KMGV-Bühnenspielgemeinschaft präsent hatte. Schon in der ersten Szene wird er hören, dass Apollonia Köllen »neu Hushaldungsjeld han« moss für »dä Jebootsdag vun unserem Zillche fiere« zu können. Und im zweiten Bild tritt das Zillchen (reif genug an Jahren für Aufklärung und baldige Heirat) vors Publikum:

»Et Zillche bin ich.
En Kölle weltbekannt.
Ich bin e Kölsch Mädche
Met Hätz
Un Verstand.

Ich freue mich am Levve
Dun schrecklich jän laache.
An echtem Humor
Kann ich mich vemaache.«[10]

Es geht, wie stets, um die Liebe: Im Duett – auch mal hochdeutsch – singen der Blumentopfhändler und Zillchen (natürlich eine Blumenverkäuferin) auf dem Gereons-Driesch:

»*Wem der jroße Wurf jelungen,*
Wer ein holdes Weib errungen,
Stimme in den Jubel ein!«

Oder auf Kölsch:

»*Wenn zwei sich jot verdraage,*
Es alles halv esu schlemm«.[11]

Mit einem Jubelruf auf sich selbst schließt die Spielschar das Stück:

»*My fair lady!*
Ach wat!
Uns leev, jot Zillche!
Alaaf!«[12]

En kölsch Johannisnaach ist das Thema für das Jahr 1975; und dann folgt das letzte Divertissementchen von Klaus Rohr als Autor und mit Klaus Rohr, das letzte seiner Bühnenwerke insgesamt auch, die erwähnte *Kirmes im Veedel* von 1977.

So fängt die Kirmes an – oder fing an, muss man sagen, seit die Klöppel elektrisch bewegt werden und nicht mehr, wie beim Beiern, mit Händen und Füßen. Also, damals wurde samstags, am Vorabend, die Kirmes eingeläutet. Und im Martinsviertel, wo das Stückchen spielt, da lautete der Text, der dem Glockenspiel des ›Beierhänsge‹ untergelegt wurde:

OPER DER STADT KÖLN

Gastspiel

CÄCILIA WOLKENBURG

Gegründet 1874

(Bühnenspielgemeinschaft im Kölner Männer-Gesang-Verein)

Kirmes em Veedel

Divertissementchen in drei Bildern
von Klaus Rohr

Musik von Christoph Klöver

Inszenierung	Klaus Rohr
Musikalische Leitung	Christoph Klöver
Bühnenbild	Heribert Oedingen
Tänze	Peter Schnitzler
Choreinstudierung	Ludwig Weber

»Wör ich en Zint Määte
Vize-, Vize-Offermann,
Künnt ich löstig beiere,
Bimmelimmelim bom bamm.
Speck en de Pann!
Och, do verschnuppte Kösterschmann.«[13]

Und entsprechend wird im Divertissementchen die Kirmes ›eingesungen‹. Im Textbuch lesen wir: »Nach ein paar Takten tritt durch den Hauptvorhang der Bühne der Kirmessänger (damals, gemäß Rollenverzeichnis, Mathias Crämer) und singt das

KIRMESLEED

»Morje fängk uns Kirmes an,
hör ens dat Gebimmel,
wäde meer e Levve han
wie 'ne Boor em Himmel!
...
Alle Lück, die bei uns sin,
solle sich met freue.
Wer net well – et es jo schad -
kann uns d'r Naache däue!«[14]

* * *

Auch das vergnügteste Divertissementchen entsteht nicht von selbst. Irgendwo gibt es ein paar Verse über Klaus und Philipp (Uerz), die im Archiv sitzen und in Akten graben – nach einem Thema für das nächste Spiel suchen:

»Do soß zo Kölle em Archiv
D'r Philipp un d'r Klaus
Se schrevve do, un üvvrig bliev
E Spellche met Applaus
...
Et Zillche soh dat Resümé,
Daach an sing Portmonnaie.«[15]

Ein volles Jahr Arbeit floss in jedes Divertissementchen. Das Thema finden, wie gesagt, war das Erste; dann kamen die historischen Recherchen. Und ein Großteil der Handlung ist natürlich Fiktion. Alle Details sind erfunden, nachempfunden aus der damaligen Situation in Köln und kombiniert mit der fortdauernden kölschen Mentalität: Identität über Zeiten hinweg wurde vorausgesetzt.

Mancherlei Einfällen musste der Autor jeweils nachgehen, bevor er einen geeignet scheinenden Gegenstand fand; es musste um das Zentralthema sich auch eine gewisse Materialfülle in den Quellen finden, damit die Sache authentisch genug bleiben konnte. Und eine Identifikationsfigur sowie eine Pointe wären wohl nicht schlecht. Schließlich gab es dann ja auch noch jenes Komitee beim KMGV, das über die Annahme eines Exposés zu entscheiden hatte – und das sich nicht für alle von Klaus Rohr vorgelegten Entwürfe erwärmen mochte.[16]

Zu Rohrs Regie ein Resümee: »Da wird nichts dem Zufall überlassen. Jeder Schritt ist einstudiert, und Rohr achtet auch auf die richtige Betonung, denn Kölsch ist als Theatersprache so einfach nicht … (Rohr) spielt … den Akteuren die Szene vor und legt größten Wert auf Disziplin. Was also bei den Aufführungen so locker und gelöst, so flott sprudelnd aussieht, ist das Ergebnis einer harten Zusammenarbeit von Spielleiter und Spielern.« (E. Schenke, a.a.O.)

***

Unter all den Helfern, die Klaus Rohr beim KMGV gefunden hat, sollen wenigstens drei genannt werden. Schon bei seiner ersten Divertissementchen-Regie 1959 hatte Rohr – obgleich die Musik des Stückes von Oswald Gilles stammte – sich der Mitarbeit von Christoph Klöver für die Arrangements versichert. Dieser war dann seit Mitte der 1960er Jahre der musikalische Ratgeber und Arrangeur der kölschen Opernparodie. Er baute klassische Arien, Ballett-Musiken (zum Beispiel aus Smetanas *Verkaufter Braut* in der Veedels-Kirmes, Text S. 49), Volks- und Karnevalslieder, kurz: Musik von überallher durch eigene Zwischenkompositionen zusammen. Und es gab viele Passagen, die von ihm selber stammen. Klöver fand die Melodien, die zu Versen von Rohr passten, und umgekehrt: Er gab die Flötentöne vor – und Rohr, der dichtete um. Drei Rohr'sche Zeilen dazu seien, wenigstens, zitiert:

»D'r Dechter schreev, d'r Musikus
Dät komponeere vill
...
Us Ähnz wood dann e Spill.«[17]

Weit über Rohrs Wirksamkeit, auch über dessen Tod hinaus, setzte Klöver seine Arbeit für das Divertissementchen fort, eine Arbeit, die ihm lieb und für ihn ehrenvoll geworden war. Über die Partnerschaft mit dem Autor und Regisseur schrieb er im Juli 1995: »Klaus und ich hatten eine langjährige, erfolgreiche und vor allem eine harmonische Zusammenarbeit, an die ich mich stets gerne erinnere.«[18]

Der Kapellmeister des Divertissementchens der »Cäcilia Wolkenburg« verunglückte am 13. April 1996 – im Alter von 67 Jahren – tödlich. »Erst im Januar«, schrieb die Zeitung, »hatten er und seine Mitstreiter des Kölner Männer-Gesang-Vereins mit ›Oh, oh Marie!‹ eine begeisternde Premiere feiern können.« Präsident Massau wird mit den Worten zitiert: »Ich kenne keinen Musiker, der über ein so umfassendes Musikwissen aus allen Bereichen verfügt, wie es Klöver hatte.«[19]

»Nicht selten setzt bei Aufführungen der ›Cäcilia Wolkenburg‹ Applaus ein, wenn der Vorhang gerade aufgegangen ist und noch kein ›Mime‹ auf den Brettern steht, dann gilt die Zustimmung des Publikums dem Bühnenbild«, so heißt es im Programm von 1975: *Pitter un Marieche* oder: *En Kölsche Johannis-Naach.* Das Köln des Divertissementchens, das zauberte von 1950 bis 1975 Jahr für Jahr Erich Metzoldt auf die Bühne. Als sein Fünfundzwanzigjähriges beim »Zillchen« gefeiert wurde, da war der Bühnenbildner 83! Und die aktive Zeit von Klaus Rohr ging da schon ihrem Ende (1977) entgegen.

Ein Dritter war da noch. Und blieb über die Jahre und Jahrzehnte. Schon im bescheidenen Handzettel zur *Brijitte-Kirmes* (1962) heißt es: »Peter Schnitzler studierte die Tänze ein.« Und bei allen Divertissementchen, die Rohr dramaturgisch leitete, lösten die Tänze, insbesondere jeweils die Ballett-Vorführungen, beim Publikum wahre Stürme des Beifalls aus, ›standing ovations‹ – hätte man damals schon gewusst, was das ist.

Die Hochschätzung, welche man weithin – um nicht zu sagen: allgemein – den Divertissementchen von Klaus Rohr, ihrem bildenden Wert und auch, sei's gewagt, ihrem künstlerischen Rang entgegenbrachte, mag hier ihren Ausdruck im Zitat aus einem Brief finden, den der seinerzeitige Schul-, dann Regierungsrat und schließlich Professor Fritz Pfeffer an den Theatermann schrieb: »Ihr Spiel und Ihre Arbeit mit und bei dem ›Cillchen‹ haben eine der wenigen Inseln geschaffen, auf denen das wirklich Echte und Bodenständige – und eben deswegen doch auch wieder Allgemein-Verständliche – des Kölner Humors lebendig wachsen.« (14. Februar 1964; im Stadtarchiv Köln)

Von Düx noh Kölle

»... un rungs un eröm – un widder noh Kölle«; das war der Lebens-, Arbeits-, Wander-Raum von Klaus Rohr.

Geboren wurde er in Deutz, das ja schon seit der großen Stadterweiterung von 1888 zu Köln gehörte, op d'r schäl Sick. Im Jecken-Monat April[20] und – man will's kaum glauben – an einem Elften. Als wär's ein Omen für den künftigen Komödianten gewesen. Nikolaus ist sein Vorname im Stammbuch; auch dieses Nomen ein Omen: der Gabenbringer?

Klaus Rohr

Nun ja! Schon der Vater unseres Theatermannes hieß Nikolaus, auch der schon in Deutz (1882) geboren; einen Spintisiererberuf hatte er, er war Schuster. Sohn Klaus setzte ihm ein Wort-Denkmal in *Kirmes im Veedel*: »Mir Schohmächer«, lässt er Nikolaus Hüpgens sagen, »sin jo alles Philosophie!« Vater Nikolaus Rohr hatte frischweg mit 24 Jahren geheiratet, die Katharina Schenkel aus Niehl (immerhin!), gleichen Jahrgangs; und wer rechnen kann, sieht, dass alles stimmte, denn Klausens Geburtsjahr ist 1907. Und was den Vornamen angeht, da war Tradition im Spiel; schon der Großvater, der am Neujahrstag des Revolutionsjahres 1848 in Trier das Licht der Welt erblickt hatte, war – gleich am folgenden Tag, also schleunigst – getauft worden, katholisch natürlich, wie alle Rohrs. Sein Enkel, unser Klaus Rohr, wurde in Deutz getauft, in Neu-St.-Heribert, am 20. April 1907; und so tief war seine Bindung an den Patron der Pfarrkirche, dass er auf den Totenzettel seines Sohnes, der wiederum Klaus hieß, zwischen den Anrufungen des heiligen Nikolaus und des heiligen Franziskus noch den Fürbitt-Ruf setzte: »Sankt Heribertus« – eine ungewöhnliche Form der Todesanzeige!

Klaus Rohr war einziges Kind in der Familie. In Deutz besuchte er die unteren Klassen der Volksschule, er war offenbar ein ganz ›fleißiger‹ Knabe mit Eifer und Begabung, der übrigens früh schon eine auffällige Musikalität zeigte, sodass er nicht nur Violinstunden erhielt, sondern auch – für seine noch kurzen Arme – eine Kindergeige. Jedenfalls wurde er ›för de Huh Schull‹ empfohlen – und ging also, per pedes über die 1913-1915 erbaute Hängebrücke, zum Dreikönigsgymnasium. Der materielle Hintergrund seines Schul- und Ausbildungsweges war nicht sonderlich günstig. Er war gerade 14 Jahre alt, als 1921 sein Vater starb; er war kaum volljährig (damals mit 21 Jahren), da verstarb die Mutter (1928). Überhaupt, schon der Zehnjährige, als er in seine erste Lateinstunde ging, hatte ein Drittel seines Lebens in einer Kriegszeit verbracht, hatte unter anderem auch den Steckrübenwinter 1916/17 mit erlitten. Dann die Besatzungszeit, die Besetzung der Stadt. Mit all den damit zusammenhängenden Lasten; die unvorstellbare Inflation: »In Köln druckten die beiden alten Kölner Druckereien J. P. Bachem und M. DuMont Schauberg im Auftrag der Reichsbank Scheine mit sagenhaft hohen Beträgen von 1 000 Mark bis in die Billionen.«[21]

Andererseits hatte unser Jungmann, als er die Schule verließ, auch wieder Glück: Für ihn sozusagen gerade recht, war inzwischen wieder die Universität gegründet worden (12. Juni 1919), und kaum ein Jahr später begann der Forschungs- und Lehrbetrieb der Philosophischen Fakultät, an der Klaus Rohr sich einschreiben würde. Er besuchte Lehrveranstaltungen des Theaterwissenschaftlichen Instituts und nahm dort auch an Regie-Übungen teil. Musikstudien betrieb er weiterhin am Städtischen Konservatorium, das es in Köln schon seit 1858 (Vorgängerin 1845: Rheinische Musikschule) gab – und aus dem die heutige Hochschule für Musik hervorging; auch an Lehrveranstaltungen mit dramaturgischem Inhalt nahm er dort teil. In den Kurzangaben zur ›Vita‹, die er anlässlich seiner Bewerbung mit dem Ziel der Wiederbeschäftigung am Stadttheater Bonn (1946) vorlegte, weist er auch ausdrücklich auf den Besuch der Städtischen Schauspiel-Schule in Köln hin.[22] Noch während seiner Ausbildungszeit übernahm Klaus Rohr Rollen und dramaturgische Funktionen bei verschiedenen Theatervereinigungen. So hatte er seit 1927 Stellen als Praktikant, dann auch als Regieassistent inne. Förderer und Lehrmeister des künftigen Schauspielers und Dramaturgs waren nach dessen eigenen Angaben insbesondere Gustav Hartung (1887–1946), der 1927 die Heidelberger Festspiele begründete und später

(1933) nach Basel ging; Fritz Holl; in Köln – mit der »Kumede« – Franz Göbels, der übrigens diese Truppe noch in den 1950er Jahren regierte. Einen herausragenden Gewinn zog der künftige Regisseur aus der Lehrzeit bei Agnes Straub (1890–1941), die schließlich (ab 1935) in Berlin das nach ihr benannte Theater leitete.

Bei der Südwestdeutschen Bühne in Frankfurt stellte man Klaus Rohr als Spielleiter an. Nebenher war er beim Bühnen-Volksbund in Köln tätig; dies war eine Organisation, die damals schon Theaterbesuche im Sinne einer breiteren Volksbildung vermittelte. So brachte sie einerseits einen neuen Besucherkreis ans Theater und suchte andererseits mit dem Theater zum Volk zu gehen – durch Freilichtaufführungen und Wanderbühnen, bei denen Klaus Rohr als maß- und richtunggebende Kraft mitwirkte.

Nachdem er – wie oben erwähnt – ein Engagement in Frankfurt verloren hatte, fand er im September 1933 eine neue Anstellung als Schauspieler und Spielleiter in Hagen. Von dort ging er nach Bonn – wie er selbst schreibt: »Mit Beginn der Spielzeit 39/40«, wie aus den Akten hervorgeht: am 1. August 1937. In aufeinander folgenden Jahresverträgen wurde er dort verpflichtet als »Mitglied für die Kunstgattung(en) Schauspiel, Oper und Operette« in den Positionen: Schauspieler, Charakterkomiker des Schauspiels (hier war eine seiner Repertoire-Rollen der Richter Adam aus dem *Zerbrochenen Krug* von Heinrich von Kleist), Chargenspieler, Dramaturg, Spielleiter, dann Oberspielleiter und Stellvertreter des Intendanten am Theater in Bonn. Zugleich wirkte er auch als Gastregisseur in Luxemburg – jedenfalls bis zur Einstellung dieser Tätigkeit par ordre du Mufti, per Anordnung des Berliner Propaganda ministeriums. Als es dann dieses Ministerium (und vieles andere) nicht mehr gab, werkelte der Theatermann unter sozusagen unmöglichen Umständen weiter; aus dieser Zeit gibt es seinen Entwurf »Planung für das Theater in Bonn nach Kriegsende 1945«.

In Oberhausen spielte man weiter – oder schon wieder! – Theater; dorthin ging Klaus Rohr 1946, und er blieb dort tätig als Dramaturg in der Position des Oberspielleiters und, wie in Bonn schon, als Stellvertreter des Intendanten. 1949 endete seine feste Anstellung innerhalb eines Ensembles.

Inzwischen hatte Klaus Rohr (am 7. September 1940, auf dem Standesamt in Bonn) eine Dame geheiratet, die er bei der Arbeit mit dem Bühnenvolksbund kennen gelernt hatte: Catharina Cäcilia Damm, geboren am 31. Januar 1902 in Cochem, später Lehrerin und geachtete Konrektorin in Frechen. Dort nun, jetzt also im Westen von Köln (Colonia Claudia Ara Agrippinensis selbst war zerstört), wohnte er mit ihr und seinem Sohn, bis zu dessen, ihrem und seinem Tod. Klaus Rohr hat ›seine Beiden‹ sehr geliebt; Karten und Kurzbriefe in Fülle, die er ihnen schrieb, manchmal in nahezu täglichem Turnus zeugen davon – wie dieser: »24.IV. 32. Meiner Fraue zu unserem ersten Frühlingsspaziergang 1932 ein Bildchen von Defner und V(F)erse von Hermann Hesse.« Als der Sohn sich 1981 das Leben nahm, überlebte die Mutter dies nur in tiefster Trauer und starb etwa drei Jahre später. Klaus Rohr war allein, ein verinnerlichter Eremit, ein geistvoller und herzlicher Mensch für seine engen Freunde. Seinen 80. Geburtstag arrangierte er noch, quasi als Fest-Regisseur. Am 10. Februar 1988, in der Nacht zum Wieverfastelovend, verabschiedete er sich – ohne Leiden, plötzlich, ohne Aufwand, wohl vorbereitet auf die Wiederbegegnung mit den Seinen, mit »denen da oben«, wie er zu sagen pflegte.

Der Bühnenschriftsteller

Bühnenwerke schrieb Klaus Rohr schon lange, bevor er mit dem Divertissementchen begann; und ebenso entwarf er Konzepte und schrieb Texte für Rundfunksendungen, auch Drehbücher für einige Fernsehsendungen. Bandaufnahmen dieser Sendungen zu beschaffen stößt indes auf erhebliche Schwierigkeiten. Die Titel sind im Findbuch des Depositums zusammengestellt.[23] Eines der frühen Werke von Rohr ist das Spiel *Till Eulenspiegel*, das im Juni und Juli auf Schloss Buddenburg in Lünen an der Lippe aufgeführt wurde, auf einer Freilichtbühne. Der Autor schrieb: »Die Aufführung ist als ein freskoartiges Geschichtsbild gedacht, und da in der Natur das Wort an Bedeutung verliert, soll die Gebärde herrschen.« Später, nach dem Krieg, hat Rohr für die Naturbühne bei Elspe im Sauerland ein Werk geschrieben unter dem Titel *Bonifatius – Apostel der Deutschen* (1954). Auch in Birten bei Xanten hat er für das Freilichttheater gearbeitet; er bearbeitete Hebbels *Nibelungen* und führte Regie bei ca. 130 Mitwirkenden.

Überhaupt hat er öfter ältere Werke für neue Aufführungen bearbeitet. So zum Beispiel *Der Diener zweier Herren* von Carlo Goldoni; ein indisches Schauspiel brachte er nach einer Sanskrit-Übersetzung unter dem Titel *Sakuntula* heraus; *Vater und Sohn* schrieb er in Anlehnung an Alexandre Dumas (Sohn).

Auf eine Reihe »Schauspiele für Kinder« darf hingewiesen werden, gründete er doch sogar ein »Theater für Kinder«, für das unter anderem das »British Centre Die Brücke« in Köln Spielort war. Für Kinder gedacht waren Rohrs Stücke *Frau Holle* und *Die Wunderlampe* (1944), auch *Der gestiefelte Kater* (Uraufführung Dezember 1942 in Bonn) oder *Wildtöter und Delaware* (1951) – um nur einige Titel zu nennen. Unter den noch vorhandenen Akten finden sich Verträge mit dem Stadttheater Bonn über Aufführungen der Schauspiele *Der große und der kleine Klaus*; auch über Aschenputtel, das mit schlichter moralischer Anwendung schließt: »Jede böse Tat findet ihre Strafe!« Und dann das Happyend: »Die Hochzeitsglocken! Wir wollen fröhlich sein!«[24]

Die Titel aller Theaterstücke von Klaus Rohr wie auch überhaupt aller Skripten, die sich in seinem Nachlass fanden, sind inzwischen in einer insgesamt 35-seitigen Zusammenstellung aufgeführt, die als ›Find-Buch‹ im Historischen Archiv der Stadt Köln vorliegt [*s. Anm. 23*]. Darin gibt es unter den mehr als 250 Positionen noch manchen Hinweis auf Bühnenwerke und Spielstücke, die er für Laiengruppen geschrieben hat; im Depositum sind zahlreiche Regiebücher gesammelt, daneben Regie-Entwürfe für Feiern, Festansprachen, und Einführungen zu Kunstdarbietungen verschiedenster Art. Auch Textsammlungen für Leseveranstaltungen finden sich, so zum Beispiel – um noch einmal auf Köln und aufs Kölsche zu kommen – »Kölle – historisch besinn ... Well in dree mol 15 Minute 'ne Rötsch durch 2 Jahrdausende sin«.

* * *

Wie bringt man nun als Autor den Rutsch durch 80 Jahre des Kumede-Mächers Rohr zu einem guten – na, sagen wir: passablen – Schluss? Mit ihm, natürlich! Sein Puppenspiel *Et Jänsemädche*, »für et Hännesje« jeschrivve, das endet mit dem kölschen

NATIONAL-LEED

»Et hätt noch immer,
immer, immer
johd jejange,
johd jejange,
un et jeiht noch immer joht!«

Anmerkungen

1 Nicht die Frau, sondern die Mutter des berühmter als sie gewordenen Philosophen Arthur. Sie machte 1828 einen »Ausflug an den Niederrhein …«, den sie beschrieb – einschließlich Köln. Übrigens umfassen ihre »Sämmtlichen Schriften« 24 Bände. Am Rhein hat es ihr so gut gefallen, dass sie, wenn auch nicht nach Köln, immerhin für acht Jahre nach Bonn zog. Vgl. Divertissementchen-Programm von 1971.

2 Mit Amüsementchen mag man einen Aufsatz »Über die Vererblichkeit rheinischen Humors« lesen: Helmut Jensen: »Das ›Zillche‹ un sin Ahnen«; in: »125 Jahre ›Zillche‹,« hrsg. von der Bühnenspielgemeinschaft des Kölner Männer-Gesang-Vereins, Köln 1999, S. 3–9; ebd., S. 12–15: Eberhard Illner: »Die Wirkung unserer Aufführungen geht auf das Komische hinaus!«

3 »Es ist eigentlich einmalig auf der Welt, dass ein Laienensemble in einem Opernhaus gastiert«, schrieb Eberhard Schenke aus Frechen im »Burgboten«, der Hauszeitschrift des KMGV, anno 1977.

4 Autoren: Otto Barthels und Heinz-Joseph Jansen.

5 Textbuch, S. 59; oben S. 32 u. 34.

6 Auszüge aus dem Textbuch S. 34 und S. 33.

7 Aus dem Programm *D'r Zeppelin kütt … noch ens.*

8 Beide Titel kommen vor. Thema ist ein Aufruhr (in Köln!) von 1846, bei dem die Polizei sogar durch eine Schwadron Deutzer Dragoner unterstützt werden musste.

9 Sei's drum für auswärtigen Mitschnitt: »Köbes« kann, ganz richtig, jeder »Jakob« sein; andererseits ist es ganz gewiss auch der Mann, der im Brauhaus das Bier bringt, natürlich im Kranz (wofür Kranzgeld zu zahlen jedoch ein Missgriff wäre).

10 Textbuch S. 14.

11 Textbuch S. 16.

12 Textbuch S. 78.

13 Aus dem Programm; nach Joseph Klersch: *Volkstum und Volksleben in Köln. Ein Beitrag zur historischen Soziologie der Stadt.* 3 Bde., J. P. Bachem, Köln 1965–1968. – Zu J. Klersch s. *Das Kölner Autoren Lexikon*, 1. Bd. 1750–1900, Köln 2000, S. 141f.

14 Textbuch S. 1, aus der Zeit um 1800, hier etwas verändert.

15 Beilage zum Textbuch *Poßkreeg en Kölle*, Liedtext als eine Art Vorspruch; Melodie: Schusterjungenpolka, Refrain: »Ja, das haben die Mädchen so gerne.«

16 So wurde ein Skriptum unter dem Titel »Willi Ostermann fährt in d'r Himmel eren«, das Rohr 1975 zu dessen 100. Geburtstag (1976) verfasst hatte, nicht aufgeführt. Wenn man dieses Stück mitzählt, dann auch das ›Petit-Divertissementchen‹, das als »Festspiel am Hofe des KGMV« 1960 aufgeführt wurde, schließlich auch die beiden Werke, die Rohr mit Uerz zusammen schrieb, dann kommt man auf die Zahl von 16 Divertissementchen, von denen Eberhard Schenke in seinem Artikel

(»Burgbote«, s. Anm. 3) spricht; die ebd. angegebene Zahl für die Regie von Divertissementchen, 19 nämlich, stimmt; 1959 bis 1977 durchgehend.

17 Wie vorige Anmerkung (Beilage *Poßkreeg*).

18 In einem Brief an den Autor, 28. Juli 1995.

19 »Kölnische Rundschau«, Stadt Köln, Nr. 88, 15.4.1996.

20 Adam Wrede: *Neuer Kölnischer Sprachschatz*, Bd. 1, 1958, S. 38: Wer »am 1. April sich zum Narren halten lässt, wird Aprilsjeck gerufen und ausgelacht.«

21 Arnold Stelzmann: *Illustrierte Geschichte der Stadt Köln*, hrsg. von Robert Frohn, Köln 1958, J. P. Bachem, 6. Aufl. 1974, S. 306.

22 Übrigens konnte er – wenn wir das hier anfügen dürfen – in diesem Curriculum vitae darauf hinweisen, dass er, nicht der NSDAP angehörig, bei der Machtübernahme der Nationalsozialisten sein Engagement in Frankfurt verlor; allerdings erhielt er ein halbes Jahr später eine Anstellung in Hagen.

23 Im Historischen Archiv zu Köln gibt es Nachlass-Deposita von etwa 700 Persönlichkeiten. Eine aktualisierte ›Mitteilung‹ darüber ist in Bearbeitung. Es gibt ein Depositum »Klaus Rohr«, unter: Abt. 1116, das offiziell im Jahre 1953 begonnen wurde und seit 1988 vom Verfasser dieser Biografie betreut wird.

24 Textbuch S. 35.

KARIN FRUTH

Köln im Jahre 5762

Ort des Geschehens im Jahre 5762 ist die Roonstraße in Köln. Immer wieder werde ich erstaunt beäugt, wenn ich über die große Treppe durch das hohe schmiedeeiserne Gitter verschwinde. Geschütztes Terrain – das gepanzerte Polizeiauto vor der Synagoge vermittelt Sicherheit, und man betritt eine andere Welt, es ist fast so wie ein jüdisches Ghetto im Mittelalter. Übertrieben aber mutmaßen die Penner vom Rathenauplatz: »Die Jüdde in der Synagog han do ne kleene Panzer drin, met dem se sich verteidige künne, wenn de Nazis se üvverfalle.«

Achtung: Hier betreten wir religiöses Terrain! Der Gott Abrahams, Isaaks und Jakobs wird hier verehrt, hier bestimmt der jüngste Rabbiner der Welt die Glaubensrichtung, sie ist jüdisch-orthodox, die mächtige Stimme des Kantors singt für die jüdischen Männer zum Morgengebet, 10 Männer = 1 »Minjan«, sonst kommt kein Gebet zustande, der jüdische Gott ist streng.

»Hier gehen die Uhren anders«, sagt der Hausmeister philosophisch und zieht seelenruhig an seiner Pfeife. Das ist eine seiner Lieblingsaussagen. In der Synagoge schreibt man das Jahr 5762 – den 24. Kislew –, draußen den 24. November 2001!

»Was ist ein richtiger Jude?« Ganz einfach: nach der »Halacha« ein Mensch, der von einer jüdischen Mutter geboren wurde. Meist ist der Vater auch Jude. Aber, »wo die Liebe hinfällt …«. Wenn ein jüdischer Vater mit einer Nichtjüdin ein Kind zeugt, ist es nicht jüdisch, kann es auch (fast) nie mehr werden, man müsste konvertieren, und das ist eine höchst komplizierte Angelegenheit.

Dies ist ein fremdes Terrain für viele Kölner! Der Alltag findet trotzdem täglich statt, es kommen unzählige Besichtigungsgruppen, vor allem viele Schüler. Meistens führen Isi oder Ruthi die Schülergruppen, und so klingt das »Könnt ihr alle mal herhören?« jeden Tag in mein Büro und immer wieder fallen draußen die Worte: Schabbat, Chanukka, Purim und Pessach.

5762 Jahre, davon fast 1700 in Köln – a.d. 321 werden zur Zeit Konstantins erstmals Juden in Köln erwähnt! Welcher Kölner könnte sich an »Echtheit« mit einem Kölner Juden messen? Welche die Stadt besiedelnde Gruppe ist heute überhaupt noch auszumachen? Kelten, Germanenstämme oder Römer samt Hilfsvölkern, die in Köln ansässig wurden, hatten als solche keinen Bestand. Holländer, Franzosen, Engländer, Flüchtlinge und Vertriebene wurden aufgesogen von der Stadt, allenfalls ihre Namen deuten auf die entsprechende Herkunft hin. Juden haben lange Wurzeln in der Kölner Stadtgeschichte geschlagen, sie waren unter den Ersten, die die Stadt am Rhein bevölkerten und prägten. Wer wollte daran zweifeln, sie sind Ur-Kölner! Juden in Köln sind auszumachen – ihre konstante Religiosität hat sie als Gruppe erhalten, auch wenn nur wenige den Massenmord des Dritten Reiches überlebt haben.

»Guten Tag«, ertönt die Stimme an meinem Telefon: »Wissen Sie, ich bin nun schon 79 Jahre alt, aber ich habe letzte Woche ein altes Fotoalbum gefunden, da is och ming Schulklass dropp, un do han ich doch glatt et Rose wiedererkannt, die wohr doch jüdisch, ihre Vatter hätt doch datt Jeschäff met dä … en dä Lützowstroß jehatt, un nun muß ich immer an die denke! Se künne mer doch bestemp saage, wat mit der Famillich paseet eß, un wo die jetz levve? Die müsse se doch kenne, oder?«

Oha, nach über 60 Jahren diese Frage – hat die Frau denn gar nichts mitbekommen, weiß sie nicht, dass fast alle Akten 1938 verbrannt sind und fast alle Menschen … ? Ich verspreche, im »Schwarzen Buch« nachzusehen, wo alle Kölner Deportierten namentlich erwähnt sind. Wenn sie nicht drinstehen, kann man sie vielleicht im Beerdigungsbuch des Jüdischen Friedhofs wiederfinden. Wenn sie dort nach 1945 verzeichnet sind, gehörten sie zu den 40-50 Personen, die das Grauen überlebt hatten.

Einer von ihnen ist Ernst Simons. Er wurde 1919 als Sohn des Rabbiners Dr. Julius Simons in Köln geboren, der am 9. November 1938 nach Dachau verschleppt und mit seiner Frau und den Brüdern von Ernst in Auschwitz ermordet wurde.

Ernst Simons hatte 1942 geheiratet und wurde einige Tage später mit seiner Frau nach Bergen-Belsen deportiert. Viele Jahre musste er Zwangsarbeit unter grauenvollen Bedingungen leisten, und wie durch ein Wunder überlebten die beiden. 1952 kehrte er mit seiner Familie, seiner holländischen Frau jüdischen Glaubens und zwei Töchtern, nach Köln zurück, arbeitete hier als Lehrer, Realschuldirektor und Regierungsschuldirektor.

Der Kölner Kardinal Meissner nannte ihn einmal »das Urgestein der Synagogen-Gemeinde«. Wenn er heute bei einer seiner selten gewordenen Führungen den Begriff »kölsch-katholisch« gebraucht, so träumt er wohl in seinem tiefsten Herzen von »kölsch-jüdisch« und verbindet dies mit seinem Verständnis vom aufgeklärten, vorurteilsfreien Miteinander der Menschen. Was wäre die Gemeinde ohne den heute 82-jährigen Ernst Simons?

Juden in Köln, das sind heute (5762 oder 2001) auch Menschen aus Osteuropa, vor allem aus Russland. »Guwarite par Russki?«, höre ich den Mann fragen, und prompt antworte ich ihm: »Kein Wort.« Sorry, ich kann kein Russisch und ich will auch kein Russisch lernen, er lebt schließlich hier, er geht in einen der vielen Deutschkurse, die von der Synagogen-Gemeinde für Neuzuwanderer eingerichtet wurden.

Erst wirkt er ziemlich verzweifelt, dann holt er tief Luft, und siehe da, er kann sein Anliegen auch auf Deutsch artikulieren: Er bekommt keine Post. Woran kann das liegen? Als er seinen Namen nuschelt, verstehe ich irgendetwas wie »Schneider …«. Er beginnt zu buchstabieren, oh je, und er kommt nicht weit. »Schneider, Shnaider, Chnaider, Chnaiderman?«, rate ich vorsichtig. Jetzt wurstelt er umständlich seinen Pass heraus, aber so, wie er im Pass steht, kann ich ihn auch im Computer nicht finden. Sein KVB-Ausweis bringt die eingedeutschte Version, aber so ist es auch nicht möglich, ihn in der Datenbank zu finden, denn die Übertragung der russischen Namen in die deutsche Schreibweise ist eine Katastrophe. Die einzige Rettung bringt das Geburtsdatum.

Ja, durch das Geburtsdatum finde ich ihn sofort, meine Datenbank ist in Ordnung. Aber wahrscheinlich hat er vergessen, auf seinem Briefkasten alle Namen seiner Familienmitglieder anzubringen, die manchmal jeder einen verschiedenen Nachnamen haben. Ich drücke ihm sein fehlendes Gemeindeblatt in die Hand, und er zieht zufrieden von dannen.

Wer sind sie, die jüdischen Zuwanderer aus den GUS-Staaten? Sie sind hochmotiviert. Fast 90 Prozent von ihnen sind Akademiker, und sie denken, dass sie bei ihrer hohen Qualifikation sofort Arbeit finden werden. Meistens haben sie Russland ja nicht aus purer Armut verlassen, sie sind ja schließlich Ingenieure, Ärzte, Lehrer, Musiker und intelligente Menschen. Da ist zunächst das Sprachhindernis: Der vom Arbeitsamt bezahlte Deutschkurs läuft nur ein halbes Jahr, und dann müssen sie selber sehen, wie sie in ihrem neuen Leben klarkommen.

Bei den meistens dauert es fünf Jahre, bis sie die Sprachprobleme gemeistert und bei uns Fuß gefasst haben. Am leichtesten fällt den Kindern die Integration in die westliche Welt, denn in Kindergarten und Schule sind die Sprachhürden am schnellsten beseitigt.

Die meisten Neuzuwanderer kommen mit Riesenerwartungen, sie haben oft 3-4 Jahre Wartezeit in Russland hinter sich, wo penibel ihre jüdische Herkunft überprüft wird, bevor sie endlich im goldenen Westen landen. Und der Start in Köln ist der erste Schock, glaubten sie doch felsenfest, dass im Westen die gebratenen Tauben nur so rumfliegen, man müsse sie nur schnell genug fangen können.

Zuerst das winzige Zimmerchen im Wohnheim. Der nächste Schock für sie ist das Sozialamt, auf einmal sitzen sie mitten zwischen den sozial benachteiligten Mitbürgern der Stadt Köln und verstehen die Welt nicht mehr, plötzlich sind sie hier zu Bittstellern geworden.

Die Hauptlast der Integrationsarbeit trägt die Sozialabteilung der jüdischen Gemeinde. Die meisten Mitarbeiter sind zweisprachig: Ihre Muttersprache ist Russisch, und Deutsch haben sie in Köln gelernt. Auch sie kamen in den frühen neunziger Jahren nach Köln, daher kennen sie die Probleme der Neuzuwanderer ganz genau.

Jeden Tag müssen sie sich anhören: »Gebt uns Arbeit, egal welche, gebt uns anständige Wohnungen, wozu seid ihr schließlich da als Gemeinde? Ihr habt uns hierher reingelassen, dann seid ihr doch auch für uns verantwortlich. Wir sind doch Juden, eure Brüder und Schwestern, jetzt seht auch zu, dass wir hier so leben können, wie wir es von früher her gewöhnt sind.« Aber wie sollen sie das leisten? Schließlich ist jeder im Westen für sich selbst verantwortlich.

Die Enttäuschung ist groß, die bunten Seifenblasen der Illusionen platzen, und gerade die vielen alten Zuwanderer bleiben häufig in freudloser Armut zurück, krank und oft sehr einsam. Aber für sie bietet die Synagogen-Gemeinde ebenfalls Deutschkurse an, und es ist rührend anzusehen, wenn sie wieder die Schulbank drücken und ganz von vorne anfangen. Doch inzwischen gibt es auch den russischen Altenclub »Nasch Dom« (»Unser Haus«), denn sie wollen einfach nicht in den jüdischen »Esra-Altenclub« gehen - die Sprachprobleme bleiben trotz des Deutschkurses unüberwindlich.

So geht durch die Gemeinde ein immer tiefer reichender Riss zwischen Neuzuwanderern und Alteingesessenen, und von Integration kann (fast) keine Rede sein.

Einer von den Neuzuwanderern ist Isaak Olchanski, der für seine »russischen Kollegen« eine russische Bibliothek aufgebaut hat. Eigentlich wollte er nach Israel auswandern, als Anfang der 1990er Jahre Nationalsozialismus und Antisemitismus durch Moldawien und seine Geburtsstadt Kischinjow tobten, wie durch viele Teile der ehemaligen Sowjetunion. Die letzten Jahre des Lebens im Heiligen Land verbringen und dort beerdigt werden – das sei der Traum jedes Juden, sagt er schmunzelnd.

Doch seine Greta träumte von Deutschland. »Greta ist Professor Doktor Doktor« und sie sei eine der berühmtesten Frauen der Welt, erzählt er. Vor der Übersiedlung nach Deutschland im Jahre 1994 hat Greta den Lehrstuhl für russische und fremdsprachige Literatur an der moldawischen Universität von Kischinjow innegehabt.

Mein Freund Grigori Berstein kommt ebenfalls aus Russland. Kölner ist er durch seinen Aufenthaltsort in Deutschland, aber ist er ein wahrer Kölner? Es wird sich erweisen, ob sich Grigori – wie viele Juden in Köln – hier wirklich für immer zu Hause fühlen wird. In diesem Falle wird er die multikulturelle Bevölkerung Kölns, nicht zuletzt durch seine Kunst, bereichern.

Alles begann, als im Herbst 1990 die Messe Hannover ein Sommeratelier für junge Künstler initiierte. Für Grigori war es die Wende in seinem Moskauer Leben. Der Eiserne Vorhang bekam Löcher, die alte Sowjetunion zerfiel und Grigori kam immer öfter in den Westen, zuerst mit einem 3-Monats-Besuchsvisum.

Ihm gefiel Köln immer besser, und seit 1992 blieb er einfach da, fand Kontakt zur Synagogen-Gemeinde, damals lief noch alles ohne »Kontingent«. Wer Jude war, meldete sich, der Pass genügte damals, denn es waren nur sehr, sehr wenige, die durch die Löcher des Eisernen Vorhangs schlüpften.

Man half ihm. Er und seine Frau erhielten von der Stadt Köln eine Wohnung, Marina und sein kleiner Sohn Viktor zogen nach, damals war es eben noch ziemlich einfach im Gegensatz zu heute, wo die ausreisewilligen »Kontingentflüchtlinge« oft drei bis vier Jahre warten müssen und dann in einem sehr komplizierten Verfahren über ganz Deutschland verteilt werden.

Grigori war für die neue Zeit bereit. Er hatte nicht das Gefühl, sich mit der Freiheit ändern zu müssen. Die Freiheit erschien ihm wie ein alter Freund, der plötzlich wieder da war, den er aber lange Zeit nicht gesehen hatte. Nach Hannover folgten im Herbst 1990 eine Ausstellung in Paris und Anfang 1991 eine in Düsseldorf, und danach kamen so viele Ausstellungen in Deutschland, in Stockholm und sogar in Australien, dass ihre Aufzählung längst nicht mehr auf eine DIN-A4-Seite passt. Mit seiner Kunst ist er jetzt überall auf der Welt zu Hause.

Als ich ihn 1992 kennen lernte, ohne zu wissen, dass er Jude war, war ich begeistert von der künstlerischen Ausdruckskraft seiner Arbeiten. Zuerst verarbeitete er noch die politische und kulturelle Entwicklung seines damaligen Heimatlandes. Die Kunst als Autobiographie – oder einfacher gesagt: »Mein Leben in der Kunst«, so sieht er sein Schaffen.

Im Oktober 1999 begann ich in der Synagoge zu arbeiten und stieß dort überraschend auf meinen Freund Grigori Berstein. Er war jüdisch und hieß »richtig«: Grigorij Berchtein. Ich forschte weiter und siehe da, fast alle russischen Künstler, die ich inzwischen kennen gelernt hatte, waren jüdischen Glaubens.

Unser letztes gemeinsames Projekt machte uns große Kopfschmerzen, und ich denke noch voller Schrecken daran. Es waren riesengroße Engel aus Acrylglas, die transportiert und später auch in einer Kirche montiert werden mussten. Die Ausstellung hieß »Abflug« und fand im Mai 2000 im Dom zu Schwerin statt.

Solitär und Solidar. Das ist es, was die Zusammenarbeit mit Grigori Berstein so angenehm macht. Es ist die Zusammenarbeit mit einem verlässlichen Freund, den man zwar selten sieht, auf den man sich aber immer verlassen kann. Wo gibt es das schon heutzutage? Und ich wünsche mir noch eine lange Zusammenarbeit mit ihm, am liebsten in Köln!

GERHARD UHLENBRUCK

Bei den kölschen Pänz ist mustergültiges Verhalten
kein gültiges Verhaltensmuster …

GERTRUD VON BESCHWITZ

Pänz als Schüler

Lehrerin in Köln zu sein, zumal »en Nehl«, erfordert zusätzlich zu allen notwendigen beruflichen Kompetenzen einer Lehrerin an sich die Fähigkeit, auf das kölsche Kind, den Panz, eingehen zu können. Unerlässliche Voraussetzung hierfür ist die aktive und passive Beherrschung der »kölsche Sproch«, die mir, dem Himmel (wem sonst?) sei Dank, mit in die Wiege gelegt wurde. Des Weiteren gilt es, die Mentalität des kölschen Panzes einschätzen zu können; Grobes ist nicht immer grob gemeint, Mutterwitz fragt nicht nach Konventionen, Edles wird auf die Realität zurückgestuft. Das ist ein Lernprozess, der durch das familiäre und dienstliche Leben in Köln bei mir natürlich heranwachsen konnte.

»Dä!«

Eine sehr eifrige Referendarin sollte eine Lehrprobe halten. Trotz meiner Warnungen wollte sie Schillers Ballade *Der Handschuh* erarbeiten. Man stelle sich ein 9. Schuljahr kölscher Jungen in der Hauptschule und diese Ballade vor! Die Referendarin trug das Gedicht pathetisch, fast bühnenreif vor.

»Vor seinem Löwengarten,
Das Kampfspiel zu erwarten,
Saß König Franz,
Und um ihn die Großen der Krone,
Und rings auf dem hohen Balkone
Die Damen in schönem Kranz.«

Gut, abgesehen von der ungewohnten Sprache, dieses Bild in seiner Pracht kann sich ein karnevalserfahrener Kölner vorstellen, und ein Begriff wie »Kampf« ist manchem Jugendlichen nicht fremd. Ebenso dürfte auch der Fortgang des Geschehens diesen Schülern zunächst einsichtig gemacht werden können, zumal die genannten Tiere im nicht allzu fernen Kölner Zoo besichtigt werden können: Ein Löwe, ein Tiger und zwei Leoparden werden in den Zwinger gelassen, um miteinander zu kämpfen.

Dann aber verlässt das Geschehen den Erfahrungshorizont der Knaben!

»Da fällt von des Altans Rand
Ein Handschuh von schöner Hand
Zwischen den Tiger und den Leun
mitten hinein.

Und zu Ritter Delorges spottender Weis
Wendet sich Fräulein Kunigund:
›Herr Ritter, ist Eure Lieb so heiß,
Wie Ihr mir's schwört zu jeder Stund,
Ei, so hebt mir den Handschuh auf!‹

Und der Ritter in schnellem Lauf
Steigt hinab in den furchtbarn Zwinger
Mit festem Schritte,
Und aus der Ungeheuer Mitte
Nimmt er den Handschuh mit keckem Finger.
Und mit Erstaunen und mit Grauen
Sehen's die Ritter und Edelfrauen,
Und gelassen bringt er den Handschuh zurück.
Da schallt ihm sein Lob aus jedem Munde,
Aber mit zärtlichem Liebesblick –
Er verheißt ihm sein nahes Glück –
Empfängt ihn Fräulein Kunigunde.
Und er wirft ihr den Handschuh ins Gesicht:
›Den Dank, Dame, begehr ich nicht!‹
Und verläßt sie zur selben Stunde.«

Nicht die Mutprobe an sich, oder eine, um der Freundin zu imponieren, ruft Unverständnis hervor – solches ereignet sich in pubertierenden Jahren auch bei Kölner Knaben durchaus. Unbefriedigend ist der Schluss der Geschichte für die Jungen. Der Ritter hat die Probe bestanden, es lacht ihm der ersehnte Lohn – und nun schlägt er ihn aus. Das soll einer vestehen! Dann hätte er sich doch gar nicht erst der Gefahr aussetzen müssen! Solch verzwicktes Verhalten widerspricht dem Realitätssinn schon des jugendlichen Kölners.

So ertönt aus der Klasse am Ende der Ballade kein trauriges Stöhnen, kein verständnisvolles »Ah!«, sondern in die Stille hinein lediglich ein »Dä!«.

›Dä, so ist das eben, wenn der Ritter es so will, das ist sein – nicht mein – Problem!‹ Damit ist das Thema für die Knaben erledigt – Diskussion überflüssig! Dä, eben!

Das lakonische »Dä« schließt einen Vorgang ab; »dä« bedeutet – besonders bei Missgeschicken – die Anerkennung von Tatsachen, über die man nicht mehr reden muss. »Dä« markiert ein Faktum.

»Dä« sagte auch Fritz, wenn er mir an etlichen Montagmorgenden einen üppigen, aber auch etwas ramponierten Blumenstrauß übergab. Gewisse Zweifel an der rechtmäßigen Herkunft des Gebindes ließen mich alsbald mit Fritzens Mutter sprechen und ich erfuhr: Fritz fegte jeden Samstagmittag Marktstände aus. Dafür erhielt er als Lohn einen Blumenstrauß seiner Wahl. Den schenkte er anschließend der Mutter; am Montagmorgen wurde er wieder ins Papier eingeschlagen und mir überreicht.

Hätz un Gemöt, und das mit einem Geschenk gleich doppelt gezeigt – wenn das nicht ökonomische Qualitäten beweist. Kein Wunder, dass Fritz heute ein erfolgreicher Geschäftsmann ist!

Hat die Lehrerin das Herz der Pänz gewonnen, und sie gewinnt es nur, wenn die Schüler bei ihr Verständnis und Zuneigung, nicht etwa Kumpanei spüren, zeigen sie ihr – auf eine pragmatische und die eigene Vorstellungswelt bezogene Weise – ihre Sympathie als Anteilnahme. Eines Tages erschien ich in der Schule mit bandagiertem Handgelenk. Mit »Dä!« begnügte sich Peter, der den heißen Wunsch, Pilot zu werden hatte, nicht. »Wat hat Ihr do?« »Eine kleine Absplitterung am Handgelenk.« »Dat es ävver schad, jetz künne Se keene Pilot mieh wäde!«

Als Ausdruck der Schülersympathie erhielt die Lehrerin nicht selten

Präsente!

Den Wert solcher Geschenke der Schüler darf man gewiss nicht nach ihrem materiellen Wert bemessen! Es kommt auf die Absicht an, wenngleich die Herkunft der Gaben manchmal besser im Dunkeln bliebe.

Ein anderer Schüler aus Fritzens Klasse überreichte mir eines Tages mit großer Geste eine kleine »griechische Vase«, ›made in Honkong‹. Auf meine erstaunte Frage hin, wo er sie denn herhätte, entgegenete er treuherzig: »Die schwomm em Hafen, Ihr sammelt doch su jet und ich han se für üch erusgefesch!«

Heinz, Schüler meiner Lieblingsklasse im sozialen Brennpunkt, brachte mir mehrmals im Frühjahr blühende Forsythienzweige mit. Die Blüten gingen in der Vase viel schöner auf als die aus meinem eigenen Garten. Dankbar berichtete ich Heinz davon, und er war um einen fachmännischen Rat nicht verlegen: »Man muss die en der Nach schnigge!« Fragen nach dem genauen Ort der nächtlichen Aktionen wollte ich nicht stellen.

Ein befreundeter Lehrer erzählte mir aus der Südstadt eine Geschichte, in der die Tugend der Bescheidenheit beim Empfang von Geschenken im Rechenunterricht praktisch eingesetzt wurde:

»Erstes Schuljahr, Rechnen im Zehnerbereich! Ein Schüler, im Zahlenraum bis 6 kennt er sich aus, aber er tut sich schwer, wenn es darüber hinausgeht, führt folgenden Dialog mit dem Lehrer:

L.: ›Köbes, ich gebe dir 4 Äpfel und lege einen dazu!‹

K.: ›Dann sinn dat 5!‹

L.: ›Dann lege ich noch einen dazu!‹

K.: ›Dann sinn dat 6!‹

L.: › ... und wenn ich dir noch einen Apfel gebe?‹

K.: ›Dat es nit nüdig!‹«

Forscht auch die beschenkte Lehrerin der Herkunft der Präsente besser nicht immer nach, zeigen kölsche Pänz hingegen keine Scheu, Geschenke zu empfangen und mit den Gebern ›ohne Ansehen der Person‹ offen zu sprechen: Der Nikolaus kommt in die Schule und fragt jedes Kind, dem er eine Tüte überreicht, was es denn schon zu Hause ›vom Nikolaus‹ bekommen habe. Mein Enkel Hans antwortet dem sprachlosen Nikolaus: »Du musst das doch wissen, Du hast es mir doch gebracht!«

Hans ist es auch, der mit mir über sein Geschenk für ein gutes Zeugnis verhandelt. Dies geschieht durchaus pragmatisch und geschickt. Seine wahren Wünsche – Pocémon-Karten – enthüllt er nicht. Er weiß, die Großmutter begegnet derlei mit Vorbehalten! Bekannt ist ihm ihre bibliophile Neigung, und die setzt er bei der Formulierung seines Wunsches taktisch ein: »Schenk mir doch einen Geldschein und tu ein Buch drum herum!«

»Mer Kölsche«

Der Aufruf an die Kölner: »Seid einig! Stoht zesamme!«, geht auf die Schlacht an der Ulrepforte zurück. Kölner, auch als Schüler, greifen, ohne Kenntnis der historischen Bezüge, gerne auf diese Forderung zurück.

Zu einer Zeit, als in den Schulen noch die Personaldaten der Klassenlisten offen lagen, meldete ich meinen Sohn an einem ›vornehmen‹ Kölner Gymnasium an. Schon an zweiten Tag zupfte er ›seinen‹ Studienrat L. am Ärmel und stellte fest: »Met Inne sin mer 5 Kölsche en d'r Klass!«

Er hatte vermutlich Einsicht in die Klassenliste genommen, und der Ordinarius hatte sich entsprechend ›geoutet‹. Dieser Forderung nach Eintracht der Kölner, sagte Herr L., ein echter Kölner, hätte er kaum widerstehen können.

»Bichte jonn«

Das Verhältnis zum »Herrjott« wird dem Kölner schon als Kind über den Pastor und insbesondere in der Beichte vermittelt. All die vermeintlich großen und kleinen Sünden werden gestanden und vergeben. Das ist tröstlich, doch führt die Formulierung der Sünde zu allerlei Irrungen und Wirrungen. Diese zu verhindern, sollten die Lehrer in der Schule Beichtunterricht erteilen.

Walter kam zu mir und sagte: »Ich habe dem Herrn Pastor gesagt, ich hätte gewünscht, meine Mutter soll sterben – aber nur fünf Minuten zur Strafe. Iss dat schlimm?« Die Mutter hatte ihn geohrfeigt.

Elisabeth erzählte dem Beichtvater, sie habe die Ehe gebrochen. »Ich habe gehört, wie meine Eltern sich stritten. Mein Vater sagte: ›Wenn unsere Ehe auseinander geht, dann nur wegen dieses ungezogenen Kindes!‹«

Wenn schlagfertiger Mutterwitz und gemütvoller Realitätssinn in der Schule nachwachsen können, braucht einem um die Zukunft der ›kölschen Art‹ nicht bange zu sein!

JÜRGEN BENNACK
Zum Kriesche schön

Der Schauspieler Josef Tratnik kaufte ihr Reihenhaus am Bilderstöckchen. Onkel Josef, ihr Mann, in seiner Jugend Kunstrad-, später Taxifahrer mit eigener Konzession, war gestorben. Sie selbst – die Beschwernisse des Alters nahmen zu – hatte sich schweren Herzens entschließen müssen, ins Altenheim St. Brigida in Bickendorf überzusiedeln. Ein schwieriger und kein kleiner Schritt für einen Menschen, der die Dinge des Lebens eigenständig und resolut anzugehen gewöhnt ist.

Gewöhnt etwa, ihren Mann auf die Seite der Realität zu ziehen. Liebevoll und solidarisch holte Tante Bärbchen, die »kölsche Tant« meiner Frau, ihn – wenn nötig – aus den Wolken. Onkel Josef, ein liebenswerter und gutmütiger Mensch, neigte zu weitschweifigen Schilderungen und auch dazu, andere misszuverstehen. Dann konnte er »blitzig« werden, mitunter gar »krakeelig«, vor allem dann, wenn er etwas nicht durchschaute oder falsch einschätzte. Sie rettete die Situation, sie baute eine Brücke. Sie bezog ihn, auch wenn er zuletzt nicht mehr alles mitbekam, in die Unterhaltung ein: »Josef, das meinst du doch auch!« »Onkel Josef hat erst gestern gesagt …« Sie goss Öl auf die Wogen des Konfliktes, sie bügelte knifflige Situationen geschickt aus. Nicht lange vor seinem Tod besuchten wir den Onkel und die Tante. Nach Kaffee und Kuchen setzten wir uns auf die Terrasse. Onkel Josef, mehr und mehr vergesslich, schaute, wiewohl ich schon seit einigen Jahren immer wieder bei ihnen war, fragend und ein wenig misstrauisch auf mich und flüsterte Tante Bärbchen zu: »Wer ist das?«

Die beiden pflegten – typisch kölsch – ein »Grielächer«-Verhältnis zueinander. Gab es einmal »Knies«, sprach Onkel Josef davon, seine ›Freundin‹ Helene Küpper aufzusuchen. Nur, es gab diese Freundin nicht wirklich! Helene Küpper war eine ausschließlich imaginäre Person! Sie verhalf ihm aber zur Fiktion eines Verhältnisses, eines »Fisternölls«, mit der er seine Frau, die Starke, notfalls in ihre Schranken verweisen konnte. Schließlich hätte es ja sein können, dass er ausbrach, wenn sie ihn zu sehr beherrschte! Und sie? Sie spielte mit, sie akzeptierte Helene Küpper als Fluchtpunkt ihres Mannes. Fürwahr, ein leuchtendes Beispiel für rheinische Lebensklugkeit (Einer ihrer Sprüche, der mir besonders in Erinnerung geblieben ist, lautet: »Männer dürfen alles essen, aber nicht alles wissen!«) und Realitätssinn: Besser eine bekannte und nur erdachte als eine verborgene und wirkliche Freundin! Ein Beispiel auch für ihre rheinische Toleranz: Sie erlaubte diese harmlosen Phantasien ihres Mannes, die ihn ihr gegenüber stärkten und die zugleich Konflikte auf heitere Art entschärften.

Gäste waren ihr stets willkommen, besonders hielt sie auf Familie. Die Anzahl der Besuche durch die Nichten und Neffen machte sie wohl zum Maßstab ihrer testamentarischen Zuwendungen. Sie änderte – je nach Besucherfrequenz – immer wieder ihren letzten Willen, und ich habe bis heute den Verdacht, dass sie akribisch ein Besucherbuch führte, aus dem sie den prozentualen Anteil am Erbe ableitete.

Kinder hatten die beiden nicht mehr. Ein Mädchen war früh gestorben, der einzige Sohn im Zweiten Weltkrieg gefallen. Besonders dieser Heinz lebte in ihrer Erinnerung weiter und prägte ihr Verhalten. Sie bewältigte diese Tragödie für sich und ihren Josef auf unnachahmlich rheinische und gar nicht weinerliche Weise. Der Junge war musikalisch gewesen, und seit über 30 Jahren stand ein Klavier in seinem ehemaligen Zimmer auf der ersten Etage. Die Tante setzte ihre Trauer in positives Handeln um. Das Klavierzimmer wurde nicht zum Trauerobjekt stilisiert, vielmehr vermietete Tante Bärbchen dieses Zimmer sowie ein Gartenhäuschen jahrzehntelang gezielt an Musikstudenten. Wie anderswo kaum konnten sie darin üben; niemand beschwerte sich! Dabei waren die beiden Alten musikalisch unkundige – keiner von beiden spielte ein Instrument –, aber eben sehr verständnisvolle Wirtsleute. In Haus und Garten erklang allezeit und jahrelang, wie zum Vermächtnis des Talentes des Sohnes, Musik. Die dankbaren Studenten – sie sind später teils etablierte und renommierte Musiker geworden – dankten es den beiden durch Schenkungen selbst bespielter Platten. Den Sohn brachte die Musik nicht wieder, brachte aber die Erinnerung und das berechtigte Gefühl der »guten Tat«, nämlich den jungen Musikern anstelle des Sohnes eine Heimstatt für ihre Kunst gegeben zu haben.

Sie kümmerte sich gleichfalls um »Oma Remmel«, die deren Sohn ihnen, um sie nicht in das gefürchtete Altenheim zu schicken, in Pension gegeben hatte. Gewiss, der dafür entrichtete Betrag besserte die Haushaltskasse auf. Ökonomisch gesehen stand aber die erbrachte Leistung in keinem Verhältnis zum erbrachten Aufwand. Dieser war in der Tat hoch, vor allem, weil sie wie ein Familienmitglied behandelt wurde und bei allen Besuchen und Festen wie selbstverständlich zugegen war. Ich erinnere mich noch gut daran, dass sie – in ihren letzten Jahren schon ein wenig verwirrt – beim Kuchen unkontrolliert so lange zugriff und ihn »verdrückte«, bis Tante Bärbchen sagte: »Hür opp!«

Den Beinamen »kölsche Tant« verdankte Tante Bärbchen zunächst einmal der schlichten Tatsache ihres Wohnortes. Ihre und ihres Mannes Verwandtschaft wohnte nordwestlich von Köln auf dem Lande, auf der »Gillbach«. Von dort auch stammten die beiden her. »Kölsche Tant« beschrieb aber nicht nur die erfolgte Übersiedlung in die ferne Stadt, es kennzeichnete einen grundsätzlicheren Zustand.

»Kölsch« an ihr waren nämlich ihre resolute Lebenseinstellung, ihr Lebensmut, ihre Fähigkeit, die Probleme des Lebens nicht zu bejammern, sondern sie pragmatisch einzuschätzen und sie zu lösen. Kölsch an ihr war das »Leben und leben lassen«, zum Beispiel mit Helene Küpper, als Akzeptanz des Unrealistischen; vor allem jedoch das Leben mit den Nachbarn. Ihnen gegenüber deutete sie Kritik allenfalls vorsichtig an; sie focht mit ihnen keine Gegensätze aus und sie bestand nicht auf Wahrheit oder Recht. Und sie führte alltäglich Gespräche über den nicht vorhandenen Gartenzaun. Das alles trug zu einer lebenslangen guten Nachbarschaft bei. Bei aller Intimität – in kleinen Reihenhäusern, die Gärten und Terrassen dicht bei dicht, weiß man alles voneinander – sorgte sie durch Zurückhaltung für die notwendige Distanz: Man mischte sich nicht ein und man tratschte schon gar nicht anderswo über die Nachbarn!

Die »kölsche Tant« hatte ein kölsches Gemüt; man schaue auf ihr eheliches, nachbarliches und Vermieter-Verhalten. Gemütvoll bis sentimental blickte sie auch auf ihr eigenes Leben. In St. Brigida besuchten wir sie, kurz nach ihrer Übersiedlung an einem sonnig klaren Tag. Im Dreibettzimmer war sie nicht. Sie halte sich, sagte die Pflegerin, auf der Terrasse auf, von der man in der Ferne die Domtürme im Osten sehen konnte. Dort saß Tante Bärbchen mit einigen anderen Frauen im Liegestuhl. Aus einem Radio erklangen kölsche Lieder. Tante Bärbchen ›wor am kriesche!‹. »Woröm kumme och jrat su en Leeder!«, schluchzte sie! Sie rührten ihr Gemüt. Auch das an ihr war typisch kölsch – genauso wie ihr letzter Wunsch, den ich ihr kurz vor ihrem Tod erfüllte: »Kölle sinn!«, den Blick von Deutz auf das Kölner Rheinpanorama mit dem Dom. Da stand sie nun, auf ihren Stock gestützt, und schaute. Ich wusste, es war das letzte Mal für die kölsche Tant, und sie fand es »zum Kriesche schön!«.

DIETER HÖSS

Der Aussteiger

Lange Jahre gehörte
mein Onkel Jupp zur
karnevalistischen Unterwelt.
Sooft er den Mund aufmachte,
kam ein gestohlener
Witz heraus.

Eines Karnevalssamstags jedoch,
nach einer vielbegähnten
Büttenrede im Gürzenich,
verschwand er in Richtung
Hinterindien.

Zurück in Köln lehrt er
andere Narren jetzt, vom
närrischen Treiben abzulassen
und sich in sich selbst
zu versenken.

Sein Bart übertrifft
an Länge die Bärte all seiner
früheren Witze.

Orgel's
Schäng

Siel, Hätz un Jemöt

GERHARD UHLENBRUCK

Fromme Aphorismen

Die Religion des Kölners besteht in der Hauptsache aus Gottvertrauen.

Humor ist für den Kölner auch eine Verbindung zwischen Gott und der Welt: Mit dem Jenseits per Du, dann ist man nicht perdu!

Der Kölner ist fromm, denn der Glaube an eine Religion gehört nun mal zu dem biblischen Alter, welches er sich wünscht.

Der katholische Kölner richtet sich nach der Lehre der Apostel, nicht nach der Lehre der Moralapostel.

Der Kölner ist kein komischer Heiliger, aber alles Komische ist ihm heilig!

Humor ist Weihwasser für den Teufel in uns.

Der Kölner Dom ist der Einzige, der die Kölner in den Schatten stellen kann!

Wenn der Kölner von schwarzen Schafen spricht, dann könnte er auch den Klerus meinen.

Der Kölner kennt keine Standesunterschiede: In Köln ist sogar der Oberhirte ein Schaf – Gottes.

Was ihren Oberhirten anbetrifft, so haben die Kölner eine Lammsgeduld.

Der Kölner teilt den letzten Mantel mit einem anderen, aber im Gegensatz zu St. Martin sitzt er dabei nicht auf dem hohen Ross.

PETER RICHERZHAGEN

2 Kircheleder

1) Melodie: Von guten Mächten

1. *Do schröms jenöchlich durch et Altstadt-Veedel,*
de Siel singk leis e Leed en dingem Blot:
Do häs ne Minsch, dä jeit met deer zesamme,
do föhls dich vun do bovve jot behoot.

Refr: Do bovve sin för uns kein schwatze Löcher,
mer wesse do en Hand,
die uns all hält.
Do es e Hätz vun Vatter udder Mutter,
dat schleit för Minsch un Mösch, de janze Welt.

2. *Ehr setzt zesamme op ner Bank am Ofer,*
dä Minsch do nevve deer dräht an jet hatt,
op eimol fingk hä Wööt,
sprich all sie Leid us,
vielleich hilf im e Leed us unser Stadt.

3. *Ehr drinkt e Kölsch em Jade vun ner Weetschaff,*
de Naach schleit ehr schwatz Doch üvver der Rhing.
Ehr loort üch an un loort noh fäne Stäne,
et es als flöch noh bovve Angs un Ping.

2) Melodie: Einmol Prinz ze sin

1. *Mer ston op Äde off em Rähn,*
et Herrjotts Rich es allzo fän.
Mer bedde dröm un wade drop –
Doch op dem Wäg steit »Stopp«!

Refr: Wie e Kind ze sin en Herrjotts Rich,
an ner Hand ze jon, nem Engel jlich,
ohne Angs ze han,
e Hätz voll jode Mot –
holle Minsche meer us Unfridden un Sot.

2\. *Em Vatterunser sproch hä klor,*
wat mänche Lück ärg fremb noch wor
un wat ze bedde feel su schwer:
»Di Rich loß kummen Här!«

3\. *Wann ehr nit wie de Kinder sitt,*
de Silligkeit nit einer kritt –
ehr kutt nit an dem Rich sing Jrenz,
wäd ehr nit wie die Pänz.

GERHARD UHLENBRUCK

Für den Kölner ist eine heile Welt auch eine heilende Welt.

GERHARD HERKENRATH

Kirche und Karneval

1. November 2001, Köln, Südfriedhof. Am frühen Vormittag versammelt sich am Friedhofseingang eine Gruppe von Männern, zunächst einige, schließlich ist die Gruppe bis Punkt 9 Uhr 30 auf etwa 80 bis 100 Personen, Männer, angewachsen.

Angeführt von einer Blaskapelle setzt sich die Gruppe in Bewegung und besucht ein bestimmtes Grab. Es ist das Grab eines früheren Mitglieds der Gruppe, der zu Lebzeiten eine große Bedeutung ob seines Einsatzes, seiner Organisationsfähigkeit und vor allem ob seiner positiven Menschlichkeit für seine Freunde hatte, sodass man sich seiner als Beispiel und Vorbild gerne erinnert. Aber das alleine ist es nicht. Zugleich ist der Besuch an diesem Grab Anlass, sich aller verstorbenen Mitglieder zu erinnern. Ihrer gedenkend wird die Zusammengehörigkeit auch über die Grenze des Todes hinweg bewahrt. Am Grab angekommen, werden Worte des Gedenkens, eine Meditation und ein Gebet gesprochen, vom Pfarrer und immer vom jeweiligen Präsidenten der Gruppe.

Wer würde hinter dieser Gruppe und ihrem Tun einen Karnevalsverein vermuten? Und doch ist es so. Es sind die »Kölsche Funke rut-wieß« aus dem Jahre 1823, einer der traditionsreichsten Karnevalsvereine von Köln.

Es ist Ausdruck ihres Selbstverständnisses und ihrer Tradition, dass dieser Besuch auf dem Friedhof Jahr für Jahr stattfindet, und es ist selbstverständlich, dass der Pastor, in der Regel der Funkenpastor, dabei ist, das Gebet spricht und das Wort ergreift. Sinngemäß treffen sich auch die Mitglieder von Karnevalsvereinen, wie die Blauen Funken oder das Reiterkorps Jan von Werth, um zwei Beispiele zu nennen, regelmäßig einmal im Jahr zu der Feier einer hl. Messe für die Lebenden und Verstorbenen des Vereines. Die Gottesdienste werden in der Muttersprache, also »op Kölsch« gefeiert. In dieser Tradition und Praxis kommt das Bekenntnis zu einem Menschenbild zum Ausdruck, das uns Menschen durch die Tiefendimension des Menschseins nämlich, die Beziehung zu einem Gott, der als gut und liebend – »Unsere Herrjott, dat es ene Jode« – bekannt wird, Sinn vermittelt. Deshalb wird der Glaube an diesen »jode« Gott auch in das Vereinsleben mit einbezogen.

Damit ist schon eine Beziehung zwischen Kirche und Karneval gegeben, sind doch die Botschaft und das Menschenbild dieses Glaubens in gutem Sinn aus der Überlieferung und der Lebenspraxis von der Kirche übernommen bzw. in der eigenen Sozialisation bewusst geworden. Kirche, besonders das Glaubensleben der katholischen Kirche, und Karneval gehören zusammen, haben viel miteinander gemeinsam.

Karneval hat im gewöhnlichen Verständnis ein wenig den Hauch von ausgelassener Sinnesfreude, von Ventilfunktion; dass man den Trieben und Gelüsten einmal legitimiert freien Lauf lassen darf, was sonst nicht gestattet ist oder sein darf. Diese Auffassung wird begünstigt durch die terminliche Einordnung vor der Fastenzeit, siehe auch die Begriffe Fasteleer und Fastelovend, trifft aber nicht den wahren Kern. Sicher gibt es im Erscheinungsbild karnevalistischen Treibens Übertreibungen und Beispiele, dass Karneval als Vorwand für solche Maßlosigkeiten dient. Das eigentliche, inhaltliche Anliegen, ja, geschichtlich gesehen das, woraus Karneval mit seinen Bräuchen sich entwickelt hat, ist jedoch etwas anderes, ist das im guten Sinn ursprünglich biblisch-christliche Menschenbild: dass der Mensch geschaffen ist; dass er sich selbst als Geschenk zugedacht ist und sein Leben hat, um sich am Leben und im Leben zu freuen; dass der Mensch die Dinge und den Reichtum und die Schönheit von Schöpfung als persönliches Geschenk Gottes, ihm zur Lebensfreude anvertraut, betrachten darf. Der Mensch ist nach biblischem Verständnis zur Freude berufen, siehe Jo 15, 11: (Jesus spricht) »Dies habe ich euch gesagt, damit meine Freude in euch ist und damit eure Freude vollkommen wird«, siehe auch Jesus Sirach 31, 27: »Wie ein Lebenswasser ist der Wein für den Menschen, wenn er ihn mäßig trinkt. Was ist das für ein Leben, wenn man keinen Wein hat, der doch von Anfang an zur Freude geschaffen wurde.«

Das schließt nicht aus, dass auch die Schicksals- und Grenzerfahrungen des Lebens gesehen und im karnevalistischen Denken mit berücksichtigt werden. Leben als Ganzes kennt Freude und Leid, Leben und Tod gehören zusammen, der Tod wird nicht verdrängt, siehe zum Beispiel »Es gibt ein Leben nach dem Tod« von den Bläck Fööss. So gibt es etliche Texte, in denen dieses Miteinander von Freude und Leid als Wahrheit des Menschen, oft sehr gefühlvoll in »leisen« Tönen, zum Ausdruck kommt, siehe als Beispiel das Lied von den Höhnern »Minsche wie mir …«

Entscheidend ist jedoch der Grundtenor, dass der Mensch die Freude am Leben trotz aller Schwere und möglichen Schicksalsschlägen nicht verlieren sollte. Der biblische Gott wird als »Freund des Lebens« (Weisheit 11, 26) erkannt, der Leben in Fülle schenken will, siehe Jo 10, 10: (Jesus) »Ich bin gekommen, damit sie das Leben haben und es in Fülle haben.«

Diese Botschaft prägt gleichsam als »gesunkenes Kulturgut« den weltanschaulichen Hintergrund rheinischer, kölscher Mentalität, ist gleichsam Fundament und Substanz seiner Lebensphilosophie und damit auch die Substanz des Karnevals (im guten, ursprünglichen Sinn).

Der Kölsche weiß sich in diesem Sinne von Gott beschenkt und ist darin der geborene Karnevalist. »Kölsche Mädcher, kölsche Junge, sin dem Herrjott jot jelunge; do hät hä selvs bei sich gedaach, die häste fein parat jemaht …« – das wird gefeiert und ist immer wieder des Feierns wert. (Beobachter des kölschen Lebens glauben ja feststellen zu können, dass in Köln keine Veranstaltung offizieller Art ohne karnevalistische Anklänge und letztlich mit karnevalistischen Tönen ende …)

Der Kölner ahnt: »Unsere Herrjott es nit esu« wie strenge Moralisierung und Disziplinierung ihn als Autorität einzusetzen und den Menschen beizubringen sich bemüht. Gott hat in seiner Liebe Verständnis für alles Menschliche. Als Beispiel sei ein Lied zitiert, dass Willy Millowitsch besonders gerne sang: »Wir sind alle kleine Sünderlein, 's war immer so, 's war immer so. Der Herrgott wird es uns bestimmt verzeih'n, 's war immer, immer so.« Aus diesem Bewusstsein »'s war immer, immer so« begründet sich auch die Aufforderung an die Verständnisbereitschaft des Mitmenschen, wie sie im Lied der Höhner »Nemm mich su wie ich bin, einfach su wie ich bin« angesprochen wird.

Dieses Lebensgefühl begründet Vertrauen zum Leben, man stellt sich ihm so, wie es ist. Diese Einstellung begegnet uns in kölschen Weisheiten wie »Et kütt, wie et kütt«; oder »Wenn et su es, wie et es, dann es et esu«; oder »Et hät noch emmer jot jejange«; oder »Wenn mer nit dat han, wat mer jään han, mösse mer dat jään han, wat mer han«.

Eine kleine wahre Begebenheit kann uns diese Mentalität des Kölschen, sein Denken und Selbstbewusstsein veranschaulichen: Es war noch in der Zeit vor dem Zweiten Vaticanum, als in der katholischen Kirche unter anderem das Nüchternheitsgebot (12 Stunden vor Kommunionempfang nüchtern zu sein) bestand. Auf einer Wallfahrt nach Kevelaer, von der Frauengemeinschaft der Pfarre organisiert, sah der die Wallfahrer begleitende Kaplan, wie eine Frau eine Thermosflasche herausholte, sich eine Tasse Kaffee einschenkte und diese genussvoll trank. Er ging zu der Frau und sprach sie an: »Sie wissen doch, dass wir auf der Wallfahrt sind.« »Jojo«, antwortete die Frau. Der Kaplan: »Ja, dann wissen Sie doch auch, dass wir noch hl. Messe feiern wollen.« »Jo secher dat«, kam die Antwort der Frau. Kaplan: »Ja, dann können Sie ja gar nicht mit zur Kommunion gehen, da Sie jetzt das Nüchternheitsgebot verletzt haben.« Da kam eine geradezu klassische Antwort: »Och, wessen Se, Herr Kaplon, wenn d'r Heiland seiner Zick zo Fooß övver de See Genezareth jekumme es, kütt hä hück noch övver die Tass Kaffee.«

Die Glaubensbotschaft von der Gegenwart Christi im Sakrament wird nicht in Frage gestellt. Wie man jedoch damit umgeht, das entscheidet man selbst. Dazu noch eine andere Geschichte: Ein sehr vermögender Fabrikant, im Bonner Raum lebend, ärgerte sich über die Kirchensteuer, weil er relativ viel bezahlen sollte, während sein Bruder, ebenfalls sehr vermögend, aber in Frankreich lebend, keine Steuer zu bezahlen brauchte. Er bat um ein Gespräch mit dem Pfarrer und wollte von ihm die französische Lösung erhalten. Der Pfarrer fühlte sich dem Gesetz verpflichtet und ließ sich nicht darauf ein. Darauf reagierte der Fabrikant so, dass er aus der Kirche austrat und den Pastor wissen ließ: »Jetzt krit ihr ja nix.« Das wiederum ärgerte den Pastor, und er schickte den Kaplan, um mit dem Mann nochmals zu verhandeln. Und dann war es die Logik des Mannes, der der Kaplan nicht widersprechen konnte. »Herr Kaplan, ist unsere Herrjott ne vernünftije Mann?« – da kann kein Kaplan und kein Pastor ›Nein‹ sagen. »Wenn unsere Herrjott ne vernünftije Mann es, dann loot ehr mich en Rauh. Met vernünftije Lück bin ich noch emmer klorjekumme.« (Der Kaplan war aber clever genug, um sich im Hinblick auf die Jugendarbeit Spenden geben zu lassen ...)

Der Kölsche versteht die von Gott zugetraute Freiheit zum und im Leben so, dass er sich nicht vorschreiben lässt, was er ernst zu nehmen hat. Das zu entscheiden behält er sich selbst vor. Das gilt jedem Autoritätsanspruch gegenüber, vor allem den Menschen oder Instanzen gegenüber, die in übersteigertem Selbstbewusstsein solche Autorität zu beanspruchen für berechtigt halten. Schließlich sind wir alle doch nur Menschen und darin gleich. Deshalb gilt »Jet jeck sin mehr all«, aber »Jeder Jeck es anders« und deshalb: »Jeck, loss Jeck elans«.

Im Karneval wird dieses zurückhaltende Verhältnis zu Obrigkeit und Autorität und wie diese in den entsprechenden Repräsentanten sich darstellen, gerne in Spott und Witz, liebevoll und nicht verletzend, aber eindeutig und manchmal auch deftig, angesprochen.

Es ist wichtig, sich diese Denkkategorie kölscher Mentalität bewusst zu machen, um das Verhältnis Kirche und Karneval zu verstehen. Es ist zunächst diese ideologische Ebene, die das Selbstbewusstsein des Kölschen begründet.

Daraus ergibt sich konsequenterweise, dass Brauchtum und Veranstaltungen des Karneval auch im Bereich von Kirche sehr oft ihren Ursprung haben und dort auch angesiedelt sind. »Die schönsten Sitzungen sind immer noch die Pfarrsitzungen«, so hört man oft im Blick auf und in der Beurteilung von Karnevalssitzungen. Auf Pfarrebene kennt man sich persönlich aus dem Miteinander im Alltag und hat einen persönlichen Bezug, wenn zum Beispiel bei der pfarreigenen Sitzung mit eigenen Kräften die geistliche Obrigkeit auf den Arm genommen oder pfarrbezogener »Stöötz« gemacht wird.

Zwei Beispiele einer besonders nahen Verbindung von Kirche und Karneval begegnen uns bei den »Lyskircher Jungen« mit ihrer Tanzgruppe der »Helligen Knäächte und Mägde« und bei der »Klutengarde«. Die Lyskircher Knechte und Mägde begleiten die Pfarrprozession von St. Maria in Lyskirchen und halten damit die jahrhundertealte Tradition einer Verbindung von Pfarrei und Karneval aufrecht. Die Klutengarde tut dies in der Pfarre St. Ursula mit der Begleitung der Schreinprozession, liebevoll auch »Knöchelchens-Prozession« genannt.

Die meist bescheideneren Mittel, die man auf Pfarrebene hat, lassen noch Ursprünglichkeit und Nähe am Witz des Volkes zu, wie es bei den mittlerweile durch Kommerzialisierung und Konkurrenz bestimmten, auf Image und Prestige bedachten, übertriebenen Sitzungen der großen Gesellschaften kaum noch möglich ist.

Aus den Anfängen von Pfarrsitzungen haben sich manche große Sitzungen entwickelt, die aber ihr Flair aus Pfarre und mehr familienmässigem Milieu (Gott sei Dank) behalten haben, so zum Beispiel die »Rocholomäus«-Sitzung (aus den Pfarreien St. Rochus und St. Bartholomäus in Bickendorf zusammengeführt) oder die Sitzung der »Barbaranniter« (aus den Pfarreien St. Anna und St. Barbara in Ehrenfeld).

Viele der großen Karnevalisten, ob als Büttenredner, Krätzchenssänger oder als Sitzungspräsident, kommen aus der Tradition kirchlicher Jugendarbeit und haben ihre Karriere bei Auftritten auf Pfarrebene begonnen: Heinz Helmut Simon, Gerd Rück, Bruno Eichel, Guido Cantz, um nur einige zu nennen.

Als selbstständige Organisation, die Sitzungen vor allem für junge Menschen organisiert, besteht in der Trägerschaft des Katholischen Jugendamtes der Stadt Köln die »KaJuJa« mit autonomer Verwaltungsstruktur. Auch ist es Brauch und Tradition, dass das jeweilige Dreigestirn dem Erzbischof einen Besuch abstattet; man ist an einem einvernehmlichen Miteinander von Kirche und Karneval interessiert.

So lässt sich anhand von zahlreichen Beispielen und vor allem einer gemeinsamen Geschichte des Brauchtums her ein sehr enges Verhältnis von Kirche und Karneval aufzeigen. Das schließt nicht aus, dass es auch in diesem Verhältnis Krisen und Spannungen gegeben hat. So haben im ausgehenden 17. und frühen 18. Jahrhundert die Jesuiten und von ihnen beeinflusste Ratsherren der Stadt versucht, den Karneval aus der Öffentlichkeit zu vertreiben ob der Gefahr von Unsittlichkeit und der Gefahr, dass, verbunden mit dem Brauch des Maskierens, Kriminalität gefördert werde. Doch haben sich der Karneval und die öffentlich artikulierte Lebensfreude nicht vertreiben lassen.

Wie unterschiedlich Karneval bewertet werden kann, ist aus einer Anmerkung von Kardinal Frings ersichtlich. In der Zeit der Besatzung nach dem Ersten Weltkrieg war der öffentliche Karneval von den Besatzern verboten. Als er nun 1926 wieder zugelassen wurde, verband der Vorgänger von Kardinal Frings, Kardinal Schulte, dies mit der Hoffnung, »dass die Kölner hoffentlich durch die zurückliegende Zeit so weit vom Karnevalsinteresse abgestumpft seien, dass das Karnevalstreiben nicht mehr aufleben möge«. Diesen Wunsch kommentierte Kardinal Frings mit der Feststellung: »Das scheint mir eine sehr weltfremde Einstellung«, mit anderen Worten: Kardinal Frings bewertete den Karneval durchaus positiv.

Außenstehende und Nicht-Kölner sind überrascht, wenn bei einzelnen Gesellschaften auch ein Pastor als »Feldkaplan« oder »Regimentspfarrer« oder »Funkenpastor« mit zum Verein und zum Vereinsleben gehört (manchmal mit stiller Ironie als »Himmelskomiker« bezeichnet). Das trifft vor allem bei den Gesellschaften zu, die in ihrem Herkommen vom Soldatischen mit geprägt sind wie die Roten Funken (s.o.), die Blauen Funken, die Ehrengarde oder das Reiterkorps Jan von Werth.

Dieser Brauch kommt aus einer Tradition, die zunächst nichts mit Karneval zu tun hat. Es war (und ist) ja so, dass zum Militär Militärgeistliche gehören. Dies hat sich im Brauch der Karnevalsvereine erhalten und so weiter entwickelt, dass auch nicht-»soldatische« Vereine diese

Sitte aufgreifen und sich bemühen, einen Geistlichen als Beirat mit in das Vereinsleben einzubeziehen, wie die Traditionsgemeinschaft der ehemaligen Prinzen, Bauern und Jungfrauen, die einen »Geistlichen Ehrenrat« hat, oder die Bürgergesellschaft, um zwei Beispiele zu nennen. Mittlerweile hat sich in diesem Bereich ein eigener pastoraler Raum entwickelt. Neben dem Mitmachen, der einfachen Zugehörigkeit zum Verein, hat sich für den »Feldgeistlichen« hier das ganze Spektrum pastoralen Einsatzes entwickelt: Taufen, Trauungen, Beerdigungen mit vorausgegangener Sterbebegleitung, Fahnenweihe, Gottesdienste, Seelsorgegespräche – kurz, all die Lebenssituationen, in denen ein Geistlicher gebraucht wird. Dass man sich dann aus diesen unterschiedlichen Begegnungen – im Karnevalsgeschehen, bei Trauer und Leid – kennt, fördert die Glaubwürdigkeit und Menschlichkeit, mit der man einander begegnet, und hält den Blick offen, dass auch im Karneval das Leben als Ganzes, mit Freud und Leid, gegenwärtig ist.

Ein eigener Bereich, der im Hinblick auf das Verhältnis Kirche und Karneval anzusprechen ist, ist das Liedgut des Karnevals. Zwei Beispiele sind oben schon zitiert. Es bekundet ein sehr fröhliches Selbstbewusstsein, wenn man den Herrgott lobt: »Dat häste jot jemaht« mit den kölschen Mädchen und Jungen. Und dass der Herrgott immer verzeiht, das lässt ja fröhlich leben. Da ist immer ein Grundton von Vertrauen und zugleich ein etwas kumpelhafter Stolz auf die gute Beziehung, die der Kölner nun einmal grundsätzlich zum Herrgott hat. »Kumm loss mer fiere, nit lamentiere …«, so wird das Leben bejaht und Mitmenschlichkeit begründet, »Drenk doch eine mit …«.

Es wäre ein Thema für sich, all die vielen Beispiele dieser im Lebensvertrauen begründeten Lebensfreude aufzuzählen und auch die Beispiele, wie oft der liebe Gott im Text mit einbezogen wird.

Diese Lebensfreude bindet sich an eine ganz große Liebe zur Heimat, zo Kölle – »Dat Hätz vun der Welt, dat schläht in Kölle …« Symbol dieser Heimat und zugleich aller religiösen Tiefsinnigkeit ist das Wahrzeichen, das Kennzeichen von Köln: der Dom. In unzähligen Liedern wird der Dom besungen, wird die Liebe zum Dom bekannt. Am bekanntesten ist sicher die Kölner Nationalhymne, das Lied von Willi Ostermann »Heimweh noh Kölle«.

Der Dom gehört zu Köln, der Kölner gehört zum Dom. »Mer losse dä Dom in Kölle, denn do jehürt dä hin …«, und selbst die Qualität vom Urlaub ist dadurch beeinträchtigt, wenn festzustellen ist, »He fählt nur vom Balkon die Aussicht op dä Dom«. »Wenn ich dä Dom su für mir sin«, dann geht dem Kölner »dat Hätz op«, dann ist er in der Tiefe seines Menschseins angerührt, dann wird er sentimental und »et kumme de Trönche«.

Mit diesem Begriff des Herzens haben wir einen Begriff, der abschließend das Verhältnis Kirche und Karneval erläutern soll. Bekannt ist das Wort von Antoine de Saint-Exupéry im *Kleinen Prinzen*: »Man sieht nur mit dem Herzen gut, das Wesentliche ist für die Augen unsichtbar.« Der Kölsche sagt und bekennt: »De Hauptsach es, et Hätz es jot – nor dorop kütt et aan.«

»Dat Hätz« macht den Menschen zum Menschen. Das Herz benennt die wesentliche Dimension des Menschen und deutet damit auch die Verantwortung an, von Herzen her Mensch und Mitmensch zu sein. Auch in diesem Denken kölscher Mentalität kommt gesunkenes Kulturgut aus der Weisheit der Bibel und kirchlicher Überlieferung zum Ausdruck. Paulus spricht von den »Augen des Herzens«, die uns erst wahre Erkenntnis möglich machen (Eph 1, 18). Das Herz als eigentliches Lebensprinzip, als begründende Mitte des Lebens, ist das, worin der Mensch Abbild und Ebenbild Gottes ist. In der Weisheitsliteratur der Bibel begegnet uns der Satz: »Mehr als alles hüte dein Herz, denn von ihm geht das Leben aus.« (Spr 4, 23)

Viele Beispiele, in denen die Bedeutung des Herzens ausgesagt wird, ließen sich ergänzend anführen. Die entscheidende Beobachtung und daraus begründete These ist, dass im Leben und Denken des Karnevals christliche Glaubensbotschaft und Inhalte christlicher Weltinterpretation als »gesunkenes Kulturgut« enthalten sind.

Kirche und Karneval: eine lebensfrohe und lebensbejahende Freundschaft.

WOLFGANG OELSNER

»Wo man singt …«

Köln als akustisches Gesamtkunstwerk

Darf ich Sie zu einem Experiment einladen? Denken Sie, werte Leserin, werter Leser, denken Sie sich an einen x-beliebigen Ort in der Stadt. Ich wette, dass Ihnen zu jedem eine passende Liedzeile einfallen wird. Vorausgesetzt, Sie sind nicht gerade erst zugezogen und erliegen nicht dem Vorurteil, jedes kölsche Lied sei ein Karnevalslied. Der Karneval hat zwar viele Lieder hervorgebracht, hat den meisten erst eine Bühne – und Tantiemen – verschafft. Doch die Gleichsetzung von Mundartlied = Fastelovenslied ist ein Missverständnis all derer, die das Narrenfest nur als Wein, Weib und Gesang erlebt haben. Das ist es ja oft genug, doch das ist es nicht nur.

Der Karneval – als Brauchtum geadelt – ist immer auch Ausdruck von Sehnsüchten, die sich anders nicht ausleben lassen. Nehmen wir als Beispiel das, was angesichts einer wachsenden Globalisierung als Parallelentwicklung propagiert wird: die regionale Identität. Die damit verbundenen Sehnsüchte scheinen zum menschlichen Dasein zu gehören, wenngleich die Begriffe, die dafür stehen, wechseln. Sie unterliegen dem Zeitgeist. Von dem werden sie manchmal auch belastet. So war in den ersten Nachkriegsjahrzehnten der Begriff »Heimat« nahezu verbannt, weil er von den Nazis missbraucht worden war. In den Schulen mutierte »Heimatkunde« zur »Sachkunde«. Nun lassen sich Begriffe tabuisieren, nicht jedoch die zugehörigen Gefühle. Ein Sprachrohr, eine Bühne, ein unverfängliches Forum gab ihnen der Karneval. Er wurde zum Platzhalter des einstweilen anrüchigen Begriffs. Karnevalsveranstaltungen waren – und sind – stets auch ein bisschen Heimatabend.

Ohne Angst um erneuten Missbrauch, ohne Sorge um die political correctness darf herausposaunt werden, was es bedeutet, »wenn ich su an ming Heimat denke«[1]. Der Karneval erweist sich – so der Liederforscher Reinold Louis – als »Mäzen des kölschen Volksliedes«. Auch das war ja lange ein Begriff, dem etwas von »Blut-und-Boden-Ideologie« anhaftete. Volkslieder dienen aber nicht nur dem Schulterschluss von Volksgruppen, sie werden auch den Einzelnen zum Sprachrohr. Erst recht, wenn sie in der Mundart einherkommen. Wo die Hochsprache noch nicht den Ton trifft, wo der Einzelne noch nach Worten ringt, da bietet ein mundartliches Volkslied Vokabeln und Metaphern an, die aus dem Bauch, aus Volkes Bauch kommen. Sie öffnen nicht nur ein Ausdrucksventil, sie signalisieren auch: Du wirst verstanden. Dein Empfinden, deine Sehnsüchte, deine Lebensart haben einen Platz. Hier bist du zu Hause. Worte, Melodien, Bilder geben dir eine Wohnung, in der du dich wiederfindest. Damit kommen wir zu unserem Experiment. Machen Sie einen Selbstversuch! Spazieren Sie mit mir durch unser kölsches Wohnzimmer. Statt an Möbeln und Bildern orientieren wir uns an Worten und Melodien.

Fahren, besser noch: gehen wir einmal durch die Stadt. Ich garantiere Ihnen, wir werden an jedem Punkt unserer Strecke ein passendes Lied singen können. Wo wollen Sie beginnen? Op d'r Schäl Sick, in Deutz? Des Panoramas wegen? Gerne. Wir singen dabei mit Ludwig Sebus »Luur ens vun Düx noh Kölle«[2]. Über die Deutzer Brücke, »Ich ben en kölsche Bröck«[3], geht's in die Altstadt, »Die Hüs'cher bunt om Aldermaat«[4]. Der Platz, »Wochemaat en Kölle«[5], wird von dem historischen Rathausturm beherrscht, »Dat Klockespill vum Rothustoon«[6]. Vorbei am Denkmal für »Tünnes und Schäl«[7] ziehen wir zum Ostermannplätzchen, »Heimweh nach Köln«[8], und anschließend zum Hänneschentheater, »Herr Ppräsident, die Woosch«[9]. Auf dem Eisenmarkt sagen wir noch rasch Willy Millowitsch in Bronze guten Tag: »Ich ben ne kölsche Jung«[10].

Halt! Ein kritischer Zeitgenosse stoppt uns mit dem Vorwurf, wir würden ja nur die touristische Klamottenkiste auspacken. Einverstanden! Wechseln wir auf unbekanntere Pfade, schlendern wir durch die Südstadt. »Et Südstadtleed«[11] erinnert an die Zeit der ersten Bürgerinitiativen, während der Chlodwigplatz wohl auf immer mit dem legendären Konzert »Arsch huh, Zäng useinander«[12] verbunden bleiben wird. Während uns noch der »Polterovend«[13] aus der Elsassstraße nachhallt, ziehen wir vorbei am Trude-Herr-Fan-Club, »Niemals geht man so ganz«[14], und gelangen in die Achterstraße. Dort steht bei Familie Palm die Feuerwehr vor der Türe, »Kutt erop, bei Palms do es de Pief verstupp«[15]. Nach einer Stärkung in der »Frikadellenbud«[16] oder bei »Katrin«[17] im McDonalds gelangen wir über die Severinstraße, durch das »Dreikünnigepöözche«[18] in Höhe von St. Maria im Kapitol wieder in die Innenstadt, »Lange Samsdach en d'r City«[19].

Schön und gut, meint der kritische Begleiter, der sich uns nun zugesellt hat, das sei ihm aber alles noch zu klischeehaft. Das wahre Leben spiele doch eher in den Vororten, in den Veedeln. Das hätte er nicht sagen sollen. Nun geben wir's ihm um die Ohren: »En unsrem Veedel«[20], »Samba em Veedel«[21]. Na bitte, unser Kritiker singt schon kräftig mit!

Gönnen wir dem erschöpften neuen Mitsänger eine Kaffeepause in der »Kaffebud«[22], bevor wir ihn durch völlig unspektakuläre Vorortsstraßen führen. Hier lernt er die kennen, die nun wirklich fern der Touristenpfade leben und besungen werden. Wir sehen die ahl Frau Schmitz an ihrem Finsterbrett beim Blumengießen, »Mer schenke dä Ahl e paar Blömcher«[23], wir sehen dat Meiers Kättche om Rädche durch die Anliegerstraßen jöcke, »Ming eetzte Fründin«[24], stoßen vor dem Uni-Center auf »Rita Schnell«[25], auf »Alfons dä Ampmann«[26] und andere »Lück wie ich un du«[27]. Auf dem Schützenplatz, »Schötzefess«[28], werden »Karussels un bunte Büdcher«[29] aufgebaut. Singend ärgern wir uns über Kölner Ampelschaltungen, »Eetz kütt et rut, rut, rut«[30], gucken mal bei »Unserem Alträucher«[31] vorbei, bevor wir den Männern im Einsatzwagen der GEW bei der Mittagspause zuschauen, »Dat Wasser vun Kölle es joot«[32].

Unser Skeptiker scheint überzeugt. Summt er da nicht »Jede Stein en Kölle es e Stück vun mir«[33]?

Am Platz mit der dicken Kastanie, »Dä ahle Kuschteiebaum«[34], steigen wir in die KVB und »fahre met d'r Stroßebahn«[35] wieder Richtung Innenstadt ein. Bei einem »Kölsch, Kölsch, Kölsch«[36] lassen wir unsere Erfahrungen sacken. So richtig in Fahrt gekommen, wollen wir am »schönsten Platz«, der »immer an der Theke ist«[37], das akustische Stadtbild vervollständigen. Wir setzen jetzt noch einen drauf und behaupten, dass die Kölner nicht nur die Topografie der Stadt, sondern auch jede ihrer Gemütslagen besingen können. Ob sie nun flirten, »Mädchen, nemm mich en d'r Ärm«[38], oder fremdgehen, »Ich bin ene Räuber«[39], ob sie in der Biografie zurückschauen, »Ich mööch su jän widder Kind sin«[40], oder nach vorne, »Wenn do dann eines Dachs am Himmelspöözje steihs«[41], stets haben sie für jeden Pott den passenden musikalischen Deckel.

Da die Mundart sich auch der Verse des Predigers Salomon angenommen hat, »Alles hät sing Zick«[42], kann sie die Lebensstationen von der Wiege bis zur Bahre im Volks- und Karnevalslied thematisieren: von »De Mama kritt schon widder e Kind«[43] und der »Kinddäuf unger Krahnebäume«[44] über die Hochzeit, »Minge allerschwerste Dach«[45], bis zur letzten Reise, »Mach et joot, kumm jot rüver«[46]. In Kölner Trauerhallen hat der Wunsch nach einem kölschen Lied inzwischen das »Ave verum« abgelöst: »Un deit d'r Herrjott mich ens rofe«[47].

Unser kritischer Begleiter hat verstanden: »Hey Kölle, do bes e Jeföhl«[48], »Köln ist einfach korrekt«[49]. Auch hat er gemerkt, dass das akustische Stadtbild nicht nur in heimattrunkener Selbstverliebtheit erklingt. Da ist neben Selbstkritik »Heimweh en Kölle«[50] auch Selbstironie im Spiel. Etwa, wenn das eigene Freizeitverhalten im »Campingleed«[51] oder »Spanienleed«[52] auf die Schippe genommen wird: »Hillichovend em Sand«[53]. Und wer besonders gut zuhören kann, der wird sich das Lesen dicker soziologischer Wälzer über menschliche Eitelkeiten und geselliges Miteinander sparen können. Ein Text von Jupp Schmitz tut's auch: »Wer am längsten läv, dä kritt de Schilderjass. Dä kritt de Huhstroß un d'r Dom. Doch bei all' dem Glück es dat ne ärme Mann, weil dä keinem dovun verzälle kann, vun d'r Schilderjass, d'r Huhstroß un d'r Dom.«[54]

Außenstehende sehen in Köln mitunter den Ort der großen Ganzjahresparty, auf der ein Tünnes Witze reißt. Im Sinne einer selbsterfüllenden Prophezeiung ringen sich auch viele Kölner selber den Dauer-Kick ab. Wir haben an 365 Tagen im Jahr gefälligst »joot drop« zu sein. Das ist nicht allein ein Kölner Phänomen. Dafür braucht's auch keine Kölner Lieder. Dazu reichen »Kreuzberger Nächte«, »Polonaise Blankenese« oder der »Anton aus Tirol«. Zum Abfeiern in Ballermann-Manier genügt es, die »Hände zum Himmel« zu recken. Natürlich will auch das Segment Party in unserem Gefühlshaushalt abgedeckt sein. Und es ist gut, dass das kölsche Stimmungslied in einer »Superjeilen Zick«[55] auch das ausgiebig bedient: »Noch kein Luss noh Hus ze jonn«[56].

Bedient werden will aber auch unsere Sehnsucht nach Melancholie. Das hat nichts mit Depression zu tun. Gemeint ist die Melancholie, wie sie bei »Och wat wor dat fröher schön doch en Colonia«[57], »Minsche wie mir«[58] oder »Am Dom zo Kölle«[59] hochkommt. Solche Lieder lassen uns mit Genuss wehmütig, auch sentimental werden. Sie gestatten uns hin und wieder auch ein Tränchen. Jeder verdrückt es für sich – und dennoch in der Gemeinschaft. In der Nestwärme des Saals, im Wir-Gefühl des gemeinsamen Liedguts singen wir uns in eine Fröhlichkeit zurück, die die Melancholie überwindet.

Das Nachkriegs-Köln gilt nicht gerade als architektonische Perle. Es ist weder Weltstadt noch Metropole. Dennoch bekunden Weltbürger immer wieder ihre Zuneigung für Köln. Die Kölschen selber wollen ohnehin nirgendwo anders leben, auch wenn sie sich in der gegenteiligen Aussage gefallen, »Mit Kölle han ich nix mih am Hot«[60]. Wenn sich ein Fortzug nun gar nicht vermeiden lässt, nehmen sie »d'r Dom met«[61] nach dem Motto »Wo mir sin es Kölle«[62].

Was an diese Stadt bindet, so heißt es, sei ihre Lebensart. Und die wird von ihrer Liedkultur geprägt. Unsichtbar, jedoch höchst hörbar und wirksam. Natürlich bedient auch die sich mannigfacher Klischees. Sie beschwört als Ideal die große Umarmung, die im Alltag jedoch oft verfehlt wird: »Echte Fründe stonn zesamme«[63], »Drink doch eine mit«[64] – schön wär's. Doch wie sähe es aus, würde nicht einmal mehr formuliert, wie man sein wollte? Es verhält sich damit wie mit Texten der Religion. Wir wollen uns bemühen, den besungenen Idealen nahe zu kommen.

Liedgut will gepflegt werden, damit es zum Kulturgut wird. Seine Kraft beweist es vor allem in Krisen- und Notzeiten. Es geht dann um mehr als das oft bemühte »Et hät noch immer jot jejange«[65]. Humor ist, wenn man trotzdem singt. Etwa, als in der Besatzungszeit nach 1945 Karl Berbuers »Trizonesienlied«[66] selbstironisch zur Nationalhymne umgewidmet wurde. Auch 1991, als während des Golfkrieges die offiziellen Veranstaltungen des Straßenkarnevals abgesagt worden waren, fand Volkes Stimme im Liedgut ein Sprachrohr. Man griff in die Funduskiste des regionalen Liederschatzes und hob den Text, der die Ohnmacht des offiziellen Mottos überwinden half: »Mir klääve am Lääve«[67]. Dieses Lied der Bläck Fööss avancierte zur alternativen Parole, unter der spontan kreative Aktionen auf den Straßen ein angemessenes, jeckes Ventil fanden. Auch für solche Eventualfälle will der Brauchtumsschatz gut bewahrt sein.

Städte am Strom haben ein charakteristisches Profil. Von einer Kölner Skyline zu sprechen wäre allerdings übertrieben. Jedoch beeindruckt die Stadt mit einer weltweit wohl einzigartigen klingenden Silhouette aus Liedern. Ihre Baumeister sind Texter, Komponisten, Interpreten. Nur von den markantesten Werken sind die Urhebernamen bekannt, so wie man in Köln halt weiß, dass Meister Gerhard den Dom entworfen hat und die Bläck Fööss mit Hans Knipp »Mer losse d'r Dom en Kölle«[68] geschrieben haben. Doch hin und wieder darf man sich vergegenwärtigen, dass hinter jeder Silhouette das Werk von Menschen steht. So eindrücklich sind ihre Leistungen, dass wir uns die Skyline auch mit geschlossenen Augen, als Bild im Kopf, ja sogar im Schlaf vorstellen können, »Ich han dies Nach jedräump vun minger Heimat«[69]. Ähnlich könnten Sie, werte Leserin, werter Leser, den Selbstversuch weiterführen (wobei sich der Autor für aufkommende Testkosten »Wer soll das bezahlen?«[70], vorsorglich als nicht zuständig erklärt): Begeben Sie sich auf die andere Halbkugel der Erde und rufen Sie Kölns Klanglied auf. Wetten, Sie wollen »zo Fooß noh Kölle jon«[71]!?

Die meisten Namen der akustischen Baumeister werden eines Tages vergessen sein. Ihr Werk, Kölns Liedsilhouette, bleibt. Danken wir ihnen, bevor der breite Volksliedstrom ihre Kinder aufnehmen wird. Was sie geschaffen haben, versuchen Firmen und sonstige Körperschaften heute für teures Geld zu erkaufen: eine corporate identity. Sollte Sie mal jemand fragen, wie viel ein Kölner davon braucht, dann antworten Sie am besten mit dem Lied-Test von Schlösser/Jussenhoven »Sag ens Blootwoosch«[72]!

Anmerkung:

Die hinter den Liedtiteln angegebenen Ziffern verweisen auf Interpreten, Texter und Komponisten. Die Kennzeichnung folgt nicht der peniblen Vorgabe, wie sie für eine Eintragung in die Liste der GEMA erforderlich wäre. Es sind lediglich Grobverweise auf die Menschen, die die Lieder geschaffen oder die sie bekannt gemacht haben.

Karl Berbuer	18, 51, 66
Brings	55
Günter Eilemann	30
Bläck Fööss	3, 5, 9, 11, 13, 17, 19-22, 24-28, 31, 32, 40, 42, 43, 45, 46, 50, 52, 64, 67, 68
Höhner	16, 29, 39, 48, 58, 60, 62, 63
Gerhard Jussenhoven	4, 6, 72
Hans Knipp	9, 17, 19, 20, 23, 24, 32, 45, 61, 68
Wolfgang Niedecken (et al.)	12, 14
Marie-Luise Nikuta	35, 36, 69
Willi Ostermann	1, 8, 15, 44, 47, 57, 71
Paveier	38, 53, 56, 61
Reiner Hömig	13, 17, 22
Jupp Schlösser	4, 6, 72
Jupp Schmitz	54, 70
August Schnorrenberg	59
Gerhard Schnorrenberg	65
Ludwig Sebus	2, 33, 34
Toni Steingass	7, 37
Fritz Weber	10, 41
Wise Guys	49

DIETER HÖSS

Auf der Kippe

Es naht der Elfte Elfte,
das zweigeteilte Fest.
Man sieht nur noch die Hälfte
vom trüben Jahresrest.
Im Haus ein Hauch von Moder,
ein Wiehern aus dem Stall.
Ist es Sankt Martin – oder
ist's schon Prinz Karneval?

DIETER HÖSS

Launisch

Mal himmelhoch jauchzend, mal
zu Tode betrübt.
In diesem Wechselbad der Gefühle
ist auch der Geißbock geübt.
An einem Samstag meckert er glücklich
in siegreicher Spielerrunde.
Am nächsten sucht er
mit gesenktem Bart grasend vergeblich
nach vierblättrigem Klee.

GERHARD UHLENBRUCK

Der Verstand sagt dem Kölner,
dass er sich auf sein Gefühl verlassen kann.

Das kölsche Herz sagt: Liebe nie aus Mitleid,
aber leide mit aus Liebe!

GERTRUD GEIMER

De jrön Botz

Weihnaachte stund vör de Dür, un et wood för mech Zick dorüvver nohzodenke, wat ich mingem leeve Mann wal schenke künnt. Vill wo in dem Johr nit drin, weil mer jrad uns Hüsje jebaut hatte, do wo et Potemonee zimmelich usjerümp. Mer hatten uns vörjenomme, in dem Johr praktische Jeschenke zo maache.

Ich hat mer alsu üvverlaat wat im Freud maache künnt un maat mech su veezehn Dach vör Kressdaach op de Söck noh Kölle. Ich hat mer sing Aanzuchsjröß un de Botzeläng un och de Halsjröß jenau ovjeschrivve, domet dat, wat ich kaufe wollt, och passe dät. Wat ich sokte wor en brung Wildledderjack, do hat hä nämlich ald lang dran jefreit, un dann möt do och noch de passende Botz bei.

En Wildledderjack hat ich flöck jefunge un die wööd im och bestemmp jefalle. Ävver wat för en Botz passte dobei? Ich leet mech dann vun nem Verkäufer berode, dat mer jetz em Winter en Schibotz drage künnt. Die wör schön warm un söch bei de Wildledderjack räch sportlich us.

Ich hat dann och ein jefunde, die moosjrön wo un och in de Jröß passe wöd. Die Färv wo mer eigentlich jet zu övfällich, ävver vill Uswahl in dä Jröß hatten se in dem Jeschäff nit. Ich beluurte mer die Botz noch ens un stallt fass, dat se noh unge immer schmöler wood un an jedem Botzebein unge och ne Jummisteech wor.

Ich kannt zo dä Zick nix vum Schilaufe un luurte nohdenklich in et Wedder. Dä Verkäufer hat dat wal metkräje, hä kom op mech zo un wollt wesse, ov ich noch ne Wunsch hät. »Jo, ich han do noch en Froch«, saat ich. »Kammer su en Botz dann och drage, wammer nit schifäät?« »Ävver jeweß doch do kammer jeden Schohn, och Halfschohn bei drage«, saat de Verkäufer.

Ich han dann koot entschlosse die jrön Botz jekauf un fuhr met minge Weihnaachtsjeschenke heim. Zo Hus han ich meer die Botz dann noch ens jenau aanjesinn. Bei dä Jack hat ich kein Bedenke, ävver bei dä Botz wor ich mer nit janz sicher, ov minge Mann die och aandun wöd. Un wie ich se meer bei Dachsleech aansoch, wor se eijentlich nit Moosjrön, sondern jrasgrön. Ävver met dem Brung vun da Jack dät se jo hamoneere. Ich han dann alles schön verpack un jood versteck.

Endlich wor Hellichovend do. Mer hatten noch e paar Verwandte enjelade, un ich hat de Desch in unserem Huus feßlich jedeck. Unger de Weihnachtsbaum hatte mer die Jeschenke hinjelaat. För jeden wo jet dobei. Ich wor natürlich am mihzte jespannt, ob mingem Leevje sing Saache och jefall wöten. Nom Ovendesse woten de Käze am Kressbaum aanjemaat, minge Mann spillte noch e paar Weihnachtsleedcher om Klaveer, un dann jing et met de Bescherung loss. Ich drängte mingen Mann, dat hä sing Päckelche doch ens flöck uspacke söllt. Zoehsch hat hä die brung Wilderledderjack in de Häng. Hä trok se tireck aan, un ich soch, dat im die Jack jefeel un im Freud maat. Nu kom die Botz dran. Dat hä üverrasch wor, kunnt ich in singem Jeseech ablesse, ävver ich merkte och, dat hä för su en Botz nit vum Sessel jesprunge wör. Singe Broder, minge Schwoger jriemelte bloß un saat »Dat Jrön löt sech nit üvversin, do kammer dech ald vun wicks erkenne.« Un zo allem Üvverfluß meint dann die Tant och noch verschmetz: »Ich woß janit, dat die Mannslück hück esu jrön Botze drage, die su komisch am Engk vun dä Bottzebein jeschnidde sin. Ävver, wann dat hück modän es, söllt et mech nit störe. Verleich süht se aanjetrocke jo janz anders us.« »Dann dun se doch ens flöck aan«, saat minge Schwager met nem finnekickischem Jeseech. »Die Tant hät räch.«

Minge Mann leet sech dann nit lang nüdije un trook die Botz aan. Hä stallt sech in der Diel vör de Spejel un soch sech dann met singe lang Bein in dä schmale, jrasjrön Botz. Hä mot selver laache. Dann luurt hä mech aan, su ald wenn hä sagen wöllt: »Wat häste dann do jekauf?« Ich stunt janz verläje do un saat bloß: »Eijentlich jefällt meer die Botz, se pass in de Färv jood bei die brung Wildledderjack.« Ich merkte ihm aan, dat hä meer nit de Laun verderve wollt un däwäje meinte er: »Wat söll et, meer jefällt se och.« Un dann es dä Ovend janz harmonisch wigger jelaufe. All woren se zofredden.

Am zweite Kressdach wollte mer noh Schwammenauel in de Eifel fahre. Ich wor jespannt, ov minge Mann dann die neu Saache aandun wöd. Hä dät meer den Jefalle. Et wor ne rechtije kale Winterdach, wo mer eijentlich keine Hungk vör et Loch jaach. Ich soch en, dat die Wildledderjack un die jrön Botz ohne Mantel nit wärm jenoch wore. Domols woren die Mäntel kööter als wie mer hückzedachs drät. Minge Mann kom vun bovven us dem Schlofzimmer un jing langsam de Trapp erav. Den Mantel hat hä nit zojeknöpp. Ich stunt unge im Flur un soch in do erunderkumme. Im Stelle daach ich, wie ich indo so Stüffje för Stüffje met singe lang jrön Bein stolzeere soch, an nen Laubfrosch. Ich wor meer klor, die Botz wor nix för minge Mann. Weil, dat ich ävver de Stimmung nit verderve wollt, saat ich bloß janz treuhätzich: »Do süht mer doch ens endlich, wat du för schön, lang Bein häs.« Wie mer dann an dä Talsperr aankome, wor Meddachszick, un mer wollte ehsch ens jet esse jon. Hä klomm us dem Auto un dät dobei die lang, jrön Bein janz wick erusstrecke. Do kunnt ich mech nit mih änz halde un fing laut aan zu laache. Wäjen mingem Laache wod hä jet kott, un hä hat jo och räch. Schleeßlich hat ich im jo die Botz jeschenk. Ävver hä maat do kein Jedöns mih doröm, un meer jingen sihr in die Weetschaff. Hä schrömte janz höstisch op de ehschte freie Desch aan, satz sech flöck op de Stohl un stoppte sing Bein sihr unger de Desch. Ich kuunt mer jo denke, woröm hä su en Ihl hat. Hä wollt nit, dat die andere Lück zo lang op die Botz luurten. Nohm Esse hammer dann noch ne Spazeerjang öm die Talsperr jemaat. Et woren nit vill Lück ungerwächs, die bei dem kale Wedder dorömleefe. Ävver dann kom uns doch e Pärche entjäjen. Dä Käl kniff de Auge zosamme un ich soch, dat hä op die Bein vun mingem Mann luurte. Wie die zwei dann vörbei wore, saat hä: »Häste dat jesin, die zwei han bloß op ming jrön Botz jelurt.« Ich krät immer e schlächter Jewesse, weil, dat ich im aansoch, dat die jrön Botz im kein Freud maat.

Als mer dann bal röngs öm dä Stausie jejange wore, komen uns die zwei Lückcher ald widder entjäje, weil die jenau anderseröm spazeet wore. Minge Mann krät ne rude Kopp un saat: »Weeßte wat die zwei jetz denke, do kütt dä Mann ald widder met dä schön, jröne Botz.« Ich meinte bloß. »Ävver su jrön es se doch eijentlich nit, dat es moosgrön, un dat es hück en Modefärv.« »Nä«, saat hä, »die Botz es jefftich jrasjrön, jröner jeit et janit mih.« Eijentlich wollten mer om Heimwäch noch irjendwo enkehre, öm jemötlich Ovend zo esse. Ävver minge Mann saat: »Loße mer heimfahre, ich han keine Hunger mih. Mer künne jo doheim noch en Kleinichkeit esse. Met dä jrön Schibotz jon ich nit mih unger de Minsche, weil ich jenau weiß, dat die dann widder all op ming Botz luure.«

Zo Hus finge mer beids aan zo laache. Mer moten däselve Jedanke jehatt han, nämlich, dat künnt jo müggelich sin, dat mer die Botz ömtuschen künnten.

Am dritte Kressdach sin mer dann met dä Botz flöck noh Kölle noh dem Jeschäff jefahre, wo ich die Botz jekauf hat. Do woren noch en janze Reih Lückscher, die jet ömtuschen wollten. Mer hatte Jlöck. En älder Verkäufersch beluurte sech die Botz flüchtich un hing se in dat Schaaf met dä Schibotze, un mer kunnten nu en andere Botz ussöke. Minge Mann hat flöck en normale, jrau Botz jefunge, heelt se sech vör un meinte, dat die wal passe wöd. »Wellste se nit aanprobeere«?, frochte ich. »Näh«, saat hä, »dat es nit nüdich, loße mer maache, dat mer jetz no Hus kumme.«

Mer moten noch e paar Mark dropbezahle, weil, dat die ömjetuschte Botz jet dürer wor. Minge Mann wollt dann die Botz zo Hus noch aantrecke. Ävver mer söllt et nit jläuve, die neu Botz wor em Buch zo eng un im Schritt zo koot. Hä hat beim Vörhalde im Jeschäff nur op dat Größennümmerche jelurt.

Ich üvverlaat, ov mer die Botz nit noch ens ömtuusche söllten. »Nä«, saat minge Mann, »jetz bin ich et satt met denne Botze.« Ich wor eijentlich fruh, dat ich nit allein ne Fäler jemaat hat un dat hä sech och ens verdon hat. Jetz hatten meer uns nix mih vörzowerfe.

Meer üvverlaaten dann wigger, wat mer dann jetz met dä Botz maachen söllten. Zom fottschmieße wor se jo zo schad. Minge Mann hat do ne joode Jedanke: Hä saat: »Die schenke mer dem Klein dem möt die passe.« Dä Klein es mingem Mann singe jüngste Broder, dä zo dä Zick noch am studeere wor un dä kunnt die Botz bestemmp jebruche. Wie dann minge Schwoger ens bei uns wor hammer im die janze Litanei vun dä Butz verzallt. Als hä sech usjelaach hat, nohm hä die Botz, trok se aan, un die dät dem wie aanjejosse passe, un hä wor fruh, dat hä su bellich an en neu Botz jekumme wor.

Us dä jrön Botz es su am Engk dann noch e Kresskindche jewode, wann och op nem Ömwäch. Vun dä Zick aan han mer uns vorjenomme, dat, wammer jet zom aantrecke bruchten, meer dann doch besser zosamme enkaufe jon söllte.

GERTRUD GEIMER

Sonndachs om Fluhmaat

Et wo ne verränte Sonndach jewäse, un et hürte och nit op zo räne. Ne rösije Wingk blees öm et Huus. An su nem Daach dät mer wal och besser zo Hus blieve. Weil, dat et ävver de Woch üvver su vill jeränt hat, wore mer nit vör et Loch jekumme. Su saat minge Mann zo meer: »Hür ens, ich han evvens in der Zeitung jelesse, dat hück om Nümaat Fluhmaat es. Wie wör et dann, wammer do ens hinfahre däten?« »Ich weiß et nit. In dem Sauwedder flütt einem jo et Parreplü us der Häng«, meinte ich. »Jo, wann de kein Loß häs, loße mer et blieve. Mer künnten jo och de Flimmerkess aanmaache, wann do jet Vernünftijes drin es. Ich daach nur, et wör jo müggelich, dat mer e nett Alderdümche udder e schön, ahl Juwelche för dich finge künnten.«

Nu spetzte ich ming Ührcher, die Saach wood jetz doch interessanter. »Verleech es dat doch en jode Idee. Wammer om Nühmaat sin, künnt et jo ophüre zo räne, un dä Wingk hät sech dann och e beßje jelaat«, meinte ich.

Alsu maaten meer uns op de Wäch. Als mer öm de Nümaat fuhre, sochen meer noch mih Lückcher nohm Fluhmaat marscheeren. Die hätten och nix öm de Rän jejovve. Mer hatten schon e paar Runde öm de Nühmaat jedriht, bes mer dann endlich ne Parkplatz jefunge hatten.

Mer stundten vörm ehschten Desch un sochen op usjetroddene Schöhncher, ahl Klamotte un nem Bibi us dem Johr Pief. E jung Mädche nohm den Hot in de Häng, beluurte sech den vun alle Sigge un frochte nohm Pries.

»Wat es dä üch dann wät?«, frochte dä Kriemer. It stunt do in singer usjefranzter Jeansbotz, dät de Häng in de Botzetäsche un lachte im zo. »Vill nit, dä will ich för Fastelovend han, mih wie drei Mark nit.« »Bei su nem leckere Mädche will ich nit esu sin. Söll ich den dann och noch in Jeschenkpapeer enwickele?«, frochte hä finnekickisch. »Nä, dat es nit nüdich, ich setz in jlich op de Kopp.« In nem andere Krömche jov et ahl Schumlöffele, Kessele un dorunger och e kupfern Wasserkesselche. Dä Untersatz, dä jo fröher in et För jestallt wood, wor us Messing. E älder Madämche hat dat Kesselche entdeck. Se luurte lächelnd ihre Mann aan. »Saach, kannste dich noch an uns Wasserkesselche erinnere?« »Secher kann ich dat, Leevje, dat han ich dir an nem Huhzicksdaach jeschenk, weil, dat du deer dat Wasserkesselche jo domols för uns Küch jewünsch hats.« »Häste dat doch nit verjesse«, schmunzelte se. »Dat han ich nit verjesse«, saat hä nohdenklich un laat zäätlich singe Ärm öm ihr Scholdere. »Beste dann och hück noch drop versesse?«, lächelte hä ihr zo. »Wann et nit zo dör es, dät et uns secher beids Freud maache«, denk ich. De Kriemersch hat dem Kall zojehuurt, un meer woren jespannt drop, wat et nu kosten dät. Se nohm dat Kesselche in de Häng un frochte: »Nu saat mer doch ens, wöröm ühr dat Wasserkesselche dann hück nit mih hat?« »Jo«, saat et Madämche janz leis, »weil, dat et uns im Kreech verlore jejange es. Do wor sujet domols janit mih su wechtich.«

Mer woren för ne Moment e beßje jerührt, un de Kriemesch jov dat Kesselche dem Madämche un saat dem Mann: »Ich maach üch ne bellije Pries, un dat es üch do och nit zo dür.« Dat hät se dann och jedonn. Dann sochen mehr ne Urjelsmann, dä Leedcher us verjangene Zigge spillen dät. Et Marika Röck sung »In einer Nacht im Mai« un et Zarah Leander sung »Kann denn Liebe Sünde sein«. Zo dä Zick woren de Lückcher ärch pingelich in su ner Saache. För die jung Lück jov et för bestemmte Aanjelejenheiten ne erhobene Zeijefinger vun de Eldere, ävver kein Pille. Dovun avjesinn hatten se och Kamasche vörm Bichstol. Do jov et manch Kaplönche udder Pastürche, die had op dat Brettche vum Bichstohl kloppten, wann et do einer in nem jewesse Jebott zo doll jedrivven hat. Womüjjelich stundt dann noch en Nohbersch in der Nöh, die sech am Bichspejel usrechne dät, wat dat wal för en Sünd wor.

An nem andere Kromsdesch sochen meer en janze Reih Kammerpött. Ich soch mer die jenauer aan. »Nu luur doch ens«, laachten ich mingen Mann aan. »Do die ahl Kammerpött sin met bungker Blömcher un Spröchelcher bemolt, un eine hät och zwei Henkele. Verleech han op su nem Pott et Marie Theresia udder de ahle Fritz drop jesesse. Wammer sech dat vörstellt, wie die do in ihre Naakshemde drop jesesse han, un dann die Lückcher, die die nohher och noch rein maache moten. Ävver do fällt mer jrad jet en. Uns Fründe maachen doch dat Beddejeschäff op. Dat wör e nett Jeschenk för de Eröffnung. Wammer su nen Pott unger e schön Bett stelle dät, bliven de Lück vörm Schaufinster ston.« »Dat es en jood Idee«, saat minge Mann, »froch doch ens wat su ne Pott koss.« Mer woren beids üver de Pries üvverrasch. Unger DM zweihundert wor do nix zo krijje, un dat wor uns dä Jux nu och nit wät. Su schrömten mer wigger.

Nu bliv minge Mann an nem andere Stand ston. E al Biedermeiersofa hat et im aanjedon. »Wat willste dann domet?«, schratelte ich. »Do luurt doch schon an alle Sigge et Seejras erus, un e paar Fedderse hängen och schon erunder. Womüjjelich handele mer uns domet noch e paar Flüh met en.« »Saach dat nit, dat sühste verkeet, wenn dat ne rechtije Fachmann in de Fingere kritt, wööd dat jood in uns Wohnzimmer passe.« Ich merkte, dat hä Spaß dran hat, un su finge mer aan zo maggele. Bellich es et nit, daach ich.

Ävver als uns dä Aldrücher versproch, et uns am nächste Dach zo brenge, hammer et jenomme. Minge Mann hat räch. Ich mot zujevve, dat mer do e Schnäppche jemaat hatten.

Jetz kom sujar et Sönnche erus, un jetz maat et ehsch rechtich Spaß op dem Fluhmaat eröm zu schnäuve. Ich fung noch en ahl Kaffeemüll. Su en Müll heelt sech ming Oma zweschen de Kneen öm de Kaffeebüncher zo mohle, wann mer op Besok bei ihr woren. »Die wööd sech jood ov uns Köscheschaaf mache«, saat ich zu mingem Mann. Un do hammer die och noch jekauf.

Et jov alles müjjeliche op dem Fluhmaat zo sinn. Sujar ahl Fotos in ahle antike Röhmcher kunnt mer han. Jood durchgefoderte Häre un opjekrenzelte Madämcher woren drop zo sinn. Zaldatebildche us dä Zick vörm ehschte Weltkreech worten aanjebodde un e Huhzicksbildche met nem Schmalbedach un nem nette, junge Mädchen in nem wieße Kleid met nem Feschbeinbödche un nem Spetzeschapöche op singem Busen wor och noch zo krijje.

»Do wäden doch wohrhaftich de Omas un Opas noch zo Jrosche jemaat«, saat ich e beßje kott.

Langsam hatten meer uns möd jelaufe. Mer komen noch an e paar Fritte- un Rievkochebude vörbei, ävver nu hatten mer kein Loß mih zo ston. Mer jingen noch in en jemötliche kölsche Weetschaff un müffelten unsere halven Hahn un drunke noch e Bierche dobei.

»Nu beste doch nit op ding Schröm jekumme Leevje«, saat minge Mann. »Dat ahl Juwelche hammer jo nit.« »Ävver et wor trotzdem schön, un weißte wat meer am beste jefalle hät?« »Su wie ich dech kenne han deer die zwei ahl Lückcher, die dat Wasserkesselche jekauf han, am beste jefalle. Et wor och e nett Erlävnis.« »Se woren bestemmp schon lang verhierot un han ihr Erinnerungen wach jehalde. Jood, dat mer trotz dem Rän jefahre sin, denn e sujet hätte mer in der Flimmerkess doch nit zo sinn krijje«, saat minge Mann, un domet hat hä räch.

Klüngel

DIETER HÖSS

Wenn's um die Woosch geht

Die Kölner sind hinter Karten
für die Hänneschen-Sitzung
her wie der S-p-p-p-p-p-p-eimanes
hinger der Woosch.
Als Gerade-erst Kölner hat man da
schlechte Karten –
außer man hat eine nette Kollegin,
die eine Bekannte hat,
die einen Freund hat,
der eine Tante hat,
die das Bärbelchen kennt.

Ganz unter uns

Der Klüngel
kann einem
gestohlen bleiben,
wenn man
die richtigen
Leute kennt.

Gewusst wie

Wohneigentum im Westen
verkauft sich am besten
sonntags bei Ostwind
wenn man den Autobahnlärm
nicht hört.

GERHARD UHLENBRUCK

Klüngel-Aphorismen

Wer Gesetze umgehen will, sagt der Kölner,
muss auch mit Gesetzen umgehen können.

Geld stinkt nicht, aber man sollte in Köln einen Riecher dafür haben.

Für den Kölner ist Moral nichts anderes als entrüsteter Neid.

Der Klüngel lebt nicht von der Hand in den Mund,
sondern vom Mund in die Hand.

Geschäfte werden in Köln nicht durch Handschlag besiegelt,
sondern dadurch, dass eine Hand die andere wäscht –
mit Schmierseife!

Für den Kölner gehört der Humor zum Flirten
wie der Klüngel zur Stadtpolitik.

Klüngel, das ist auch eine Schirmherrschaft für den
armen »Jeck em Rähn«, der sein Schäfchen
nicht rechtzeitig ins Trockene bringen konnte.

Klüngel: Der Kölner handelt selten mit Verstand,
aber er versteht was vom Handel.

Kölscher Klüngel: Man muss so dick drin sein,
dass sich die anderen dünne machen.

Kennen ist wichtiger als Können, sagt der Kölner,
und ist ein Könner im Kennenlernen.

Klüngel hat in Köln einen humoristischen Aspekt:
Beispielsweise ist manche Karriere ein Treppenwitz.

Kölner Klüngel ist manchmal die konzertierte Aktion
eines warmen kölschen Herzens und eines
bei kühlem Kölsch kalkulierten Kommerzes.

Kölner Klüngel: Es liegt auf der Hand,
dass unter der Hand die Geschäfte besser laufen.

Klüngel auf unterster Ebene: Das sind die
positiven Aspekte von Quatschen, Klatschen und Tratschen.

Beim Klüngeln ist mangelnde Intelligenz kein Hindernis.

Klüngel geschieht in Köln auf Treu und Glauben
zwischen Tür und Angel auf gut Glück.

Kölscher Klüngel ist, wenn der krumme Weg kürzer ist als der gerade.

Klüngeln ist die Kunst, auf Umwegen
geradewegs zum Ziel zu kommen.

Wenn eine Hand die andere wäscht,
dann macht der Kölner das aus »der Lamäng«,
d.h. im Handumdrehen.

Die Wachstumsraten der Vetternwirtschaft sind unbekannt,
weil eben alles in der Familie bleibt!

Der Kölner Filz sorgt dafür, dass bei geschäftlichen Sturzflügen
immer noch eine weiche Landung möglich ist.

Der Kölsche Klüngel ist ein Mittel zu dem Zweck,
welcher dieses Mittel heiligt, und ist damit abgesegnet.

Wenn eine Hand die andere wäscht,
kann man den anderen gut einseifen.

Klüngel: Es liegt auf der Hand, dass es unter der Hand besser geht,
nur darf das dann nicht überhand nehmen!

nur mit
Parkschein
werktags 9–23 h
SPD

In Köln sind alle Beziehungen wichtig,
weil man alles Wichtige durch sie beziehen kann.

Wer beim Klüngeln andere verschaukelt,
sollte sich nicht in Sicherheit wiegen.

Auch der Kölner hat zwei Seelen in seiner Brust –
doch sie können miteinander klüngeln!

Die Vettern-Wirtschaft ist die Stammkneipe der Kölner.

Für den Kölner besteht die Kunst des Lebens darin,
die Gunst der Lebenden zu nutzen!

Was in Köln unter der Hand erledigt wird,
das wird auch unter den Teppich gekehrt.

Wenn der Kölner bestechlich ist,
dann nur aus stichhaltigen Gründen.

Der Kölner verbindet das allgemein Nützliche
mit dem persönlichen Nutzen auf allseits nutzbringende Weise.

Geschäft und Klüngel: Der Kölner handelt lieber –
indem er verhandelt.

Geld stinkt nicht, eine Ausnahme macht Köln,
denn dort hat man Geld an »de Föóss«!

Kölscher Klüngel ist Kosmetik für Geschäfte,
bei denen man sonst alt aussehen würde.

Klüngel ist auch der anstrengende Versuch, unter Vermeidung
von Anstrengungen so weit zu kommen,
dass man sich nicht mehr anstrengen muss!

Klüngel: Die nackte Wahrheit ist nie unanständig,
denn sie hüllt sich in Schweigen!

Bei dem Wort »Filz« denkt der Kölner nie an Klüngel,
sondern immer nur an seinen Bierdeckel.

Schmiergeld entsteht durch reinen Zufall:
Weil Kölner mit viel Geld »an de Fööss« beim Klüngeln
aus Versehen in ein Fettnäpfchen getreten sind.

Durch die Vetternwirtschaft sind alle Kölner
irgendwie miteinander verwandt.

Klüngel ist, wenn »Pfründe« und »Fründe«
etwas miteinander zu tun haben.

Der Kölner geht davon aus, dass verzweigte
Geschäftsbedingungen auch astrein sind.

Pöstchen-Klüngel: Wer an den Fleischtöpfen sitzt,
entwickelt auch Sitzfleisch –
und gibt den Löffel so schnell nicht ab.

Der Kölner Klüngel schließt Bildungslücken –
bei der Vermögensbildung.

Für den Kölner hat Unbestechlichkeit nichts Bestechendes an sich.

Beim Klüngeln wirbelt der Kölner keinen Staub auf,
da sonst Verdunklungsgefahr besteht.

Kölscher Klüngel ist, wenn eine Hand die andere wäscht,
ohne dass man den Finger krumm zu machen braucht.

Der Kölsche Klüngel besticht durch Vertraulicheit
und vertraut auf Bestechlichkeit.

Imis un Pimoke

GERHARD UHLENBRUCK

Manche Kölner kriegen was über sich,
wenn sie nicht unter sich sind.

Dem Kölner ist es nicht wurscht,
wenn einer nicht »Blotwoosch« sagen kann.

Nichts kann den Ehrgeiz der Kölner mehr anstacheln
als ehrgeizige Nicht-Kölner, die Kölner werden wollen.

Dem Kölner ist nichts Menschliches fremd,
und Fremden gegenüber verhält er sich daher sehr menschlich.

DIETER HÖSS

Stolz und Vorurteil

*Echte Kölner sind stolz darauf,
echte Kölner zu sein, schon weil sie
nichts anderes sind und nie
etwas anderes waren.*

*Kleine Differenzierungen
zwischen dem Linksrheinischen
und der Schäl Sick, zwischen
Eigelstein und Vringsveedel,
zwischen Ehrenfeld und Nippes,
zwischen Sülz und Klettenberg
einmal vergessen.
Unsereins ist als Imi
schon dankbar, in ihren Augen nicht
als Pimok zu gelten.*

DIETER HÖSS

Schlechtes Erbe

Ich entstamme einer Gegend,
wo die Leute wenig sagen
und nur langsam, überlegend,
eine Unternehmung wagen.

Meines Vaters Vatersvater,
meines Vaters Vater auch
waren so. Mein eigner Vater
aber brach mit diesem Brauch.

Und er hat ihn schwer gebrochen,
als er meine Mutter nahm,
die aus einem ausgesprochen
lebensfrohen Landstrich kam.

Dort wird weniger geschwiegen
und bedeutend mehr gewagt.
Doch es bleibt auch manches liegen,
weil man vieles nur so sagt.

Ich bin Teil von beiden Teilen.
Wie der Vater bin ich träge.
Ängstlich, mich zu übereilen,
bring' ich selten was zuwege.

Doch daneben tritt zutage
Teil des mütterlichen Blutes.
Reden kann ich ohne Frage,
aber selten etwas Gutes.

GERHARD UHLENBRUCK

Nur der Humor hält den Kölner über Wasser, wenn er immer gegen den Strom schwimmen muss, um nicht nach Düsseldorf abgetrieben zu werden !

DIETER HÖSS

Toleranzgrenze

Der Kölner
kennt keine
Vorurteile.
Außer, es ruft
einer Helau.

GERDA KALTWASSER

Bekenntnisse einer alten Düsseldorferin

Köln hat gut lachen

Gestatten, mein Name ist geka, ich bin aus Düsseldorf. Dafür kann ich leider nichts. Düsseldorferin bin ich seit gut 70 Jahren. Und seit gut 50 Jahren ist mein Kürzel als Journalistin »gk«, sprich geka.

Vor 50 Jahren war Köln in Düsseldorf kein Thema. Oder doch! Damals nämlich hat unser Hochmut angefangen. Glauben Sie nicht an die Legende von der Schlacht bei Worringen 1288, als alles angefangen haben soll. Es war ganz anders.

Im Zweiten Weltkrieg waren Köln und Düsseldorf bei Bombenangriffen stark zerstört worden, Köln noch etwas mehr als Düsseldorf, aber platt gemacht waren beide Städte. Beim rechtsrheinischen Düsseldorf kamen dann noch vor Kriegsende sechs Wochen Artilleriebeschuss hinzu. Beim ersten vorsichtigen Abtasten der städtischen Verletzungen aber wurde in Düsseldorf etwas entdeckt, dessen Bedeutung nicht hoch genug anzusetzen war: Düsseldorfs kostbares unterirdisches Innenleben, sprich das Versorgungsnetz für Gas, Strom und Wasser, war nicht in dem Maß zerstört, wie man unter dem etliche Quadratkilometer großen Trümmerfeld der Innenstadt annehmen musste. Stellen Sie sich vor, bei einem Super-GAU in Dormagen bleibt der Zentralrechner unzerstört …

Klar, auch Düsseldorfer hatten Hungerödeme und humpelten bei Hungermärschen mit, später bei Protestmärschen gegen den Abbau der wenigen erhaltenen Werke als Reparationsleistung an die Siegermächte. Aber schneller als gedacht begannen die Düsseldorfer auch damit, ihre Innenstadtstraßen für den Verkehr freizuschaufeln, in den Himmel ragende Straßenbahnschienen auf die Erde zurückzubiegen, sich in Trümmerhaufen häuslich einzurichten. Als die Stadt 1946 Landeshauptstadt des neuen Bindestrich-Landes Nordrhein-Westfalen wurde, gab es kein Halten mehr, vom Oberbürgermeister bis zur Marktfrau, die ihre Pollezeifengere (Möhren) auf dem Schwarzmarkt an der Ratinger Straße verkloppte, waren alle Düsseldorfer davon überzeugt: Wir sind wir, und wir sind wieder wer; vor allem aber sind wir viel gewitzter, schneller, fleißiger als die traditionsbelasteten, zur Bequemlichkeit neigenden Kölner, die immer noch apathisch vor den Resten ihres Domes hockten und Willi Ostermann nachweinten.

Mit diesem Hochmut fing alles an. Oberbürgermeister Josef Gockeln, dessen Arbeitstag im Rathaus zwischen Trümmern und Baugerüsten früh begann, war stolz darauf, dass »seine« Düsseldorfer schon fleißig bei der Arbeit waren, wenn er ins Rathaus fuhr. Und weil die Düsseldorfer so flink waren wie der »Flinke Franz«, der stadtbekannte Schuster von der Friedrichstraße, kamen Banken, Konzerne, Werbeagenturen, internationale Markenniederlassungen in die aufgeräumten Trümmer an der Kö und an der neuen Berliner Allee.

Als dann auch noch Chrustschows Tochter mit Ehemann in einer Mission des guten Willens von der Moskwa an den Rhein kam und die Herrschaften vom roten Stern Düsseldorf viel weltoffener und gastfreundlicher fanden als »dat hillije Kölle«, als schließlich bekannt wurde, dass Kölner Ratsherren heimlich in Düsseldorf zu Gast waren, um das Rätsel des Erfolgs der Düsseldorfer Altstadt zu lösen, da gab es kein Halten mehr. Die Düsseldorfer klopften sich selbst anerkennend auf die Schulter, und das tun sie bis heute.

Sie haben nicht gemerkt, dass sie nur noch aufs Schulterpolster klopfen, dass darunter längst keine Schulter mehr ist. Sie wundern sich über Kölner Vorurteile, etwa über die Anfrage eines Kölner Journalisten bei einem Düsseldorfer Kollegen, als die »Bläck Fööss« im Düsseldorfer Karneval auftraten: »Besteht für die dann Frackzwang?«, fragte der Kölner scheinheilig. Und sie wundern sich über das, worüber Kölner lachen, zum Beispiel über D wie Düsseldorf auf dem Autokennzeichen. Das finden Kölner inzwischen noch komischer als BM. Aber wenn der Kölner Schtunk-Karnevalist Jürgen Becker singt »Wir fahren nach Köln und singen Helau«, dann finden Kölner das nicht so komisch. Manche Düsseldorfer übrigens auch nicht.

P.S. Von diesen Geschichten ist keine erschtunken und erlogen, es ist alles wahr, was hier geschrieben steht.

GERDA KALTWASSER

Kö-Geschichte(n)

Also, eigentlich haben wir es ja immer gewusst. Die Königsallee ist gar nicht der Angeber-Boulevard, als der er bundesweit von Leuten, die uns nicht mögen (das sind manchmal sogar Kölner), hingestellt wird. Warum die uns bloß nicht mögen? Weil wir neureich und oberflächlich sind. Da beißt doch der Schwanz in den Hund. Der richtige Düsseldorfer ist weder reich noch Ober. Das sind immer die anderen. Wie ja überhaupt die meisten Düsseldorfer keine richtigen Düsseldorfer sind. Wenns hoch kommt, sind sie hier geboren. Wie ich zum Beispiel.

Eigentlich sind wir alle irgendwie Zugereiste. Das war schon immer so, zum Beispiel als in der ersten Hälfte des 19. Jahrhunderts ein gewisser Anton Huschberger die beschauliche kleine Stadt zwischen Düssel und Rhein von dem einengenden militärischen Gürtel befreite, der ihre Ausdehnung nach Osten behinderte. Nach Westen ging's ja nicht, da war der Rhein. Und im Hofgarten hatte schon Napoleon für Abrüstung gesorgt.

Huschberger entwarf eine Allee, die vom Hofgarten einen Kilometer weit nach Süden führte, und nannte sie Mittelallee. Ein Festungsgraben wurde zum Stadtgraben, westlich davon waren Exerzierplätze. Wegen des stattlichen Baumbestandes wurde aus der Mittelallee bald eine Kastanienallee.

Keiner konnte ahnen, dass es auf dieser Allee zu einem zum Charakter der Düsseldorfer völlig unpassenden Aufstand kam. 1848 nämlich machten die Düsseldorfer hier richtig Revolution. Als die königliche Kutsche mit Friedrich Wilhelm II. über die noch-nicht-Königsallee ratterte, warfen Düsseldorfer mit Pferdeäpfeln und trillerten auf Trillerpfeifen. Oder waren das vielleicht gar keine Düsseldorfer, die die Pferdeäpfel geworfen haben? Waren das vielleicht gar keine Pferdeäpfel, sondern neckische Wollknäuel? Fragen über Fragen. Am glaubwürdigsten sind die Trillerpfeifen. Die lassen sich nämlich auch im Rosenmontagszug verwenden. Der wurde allerdings von Preußens immer mal wieder verboten.

Probleme mit den Preußen hatten auch andere Freiheits- und Menschheitsfreunde, deren Namen mit den Rossäpfeln auf der Kastanienallee verbunden sind; der Dichter Ferdinand Freiligrath zum Beispiel, oder der Heine-Freund und Mitbegründer der Arbeiterbewegung Ferdinand Lassalle. Der saß zwar gerade mal wieder in Haft, aber sein Schützling, die »rote Gräfin« Sophie von Hatzfeldt, soll die Trillerpfeifen verteilt haben.

Die Düsseldorfer Obrigkeit geriet in Panik, übte untertänigst Selbstkritik und nannte 1851 die Kastanienallee in Königsallee um, zu Preußens Gloria. Nicht Friedrich-Wilhelm Zwo-Allee, sondern Königsallee; es gab ja nur den einen König.

Ein bisschen was Revolutionäres hat sie behalten, die Kö. Für die Düsseldorfer wurde sie der Trampelpfad zum sozialen Ausgleich. Über sie zogen Hungermärsche der Not leidenden Bürger nach dem Ersten und nach dem Zweiten Weltkrieg. Zwischen den beiden Kriegen allerdings soll auf einer Bank (nicht, wie das an diesem Ort und in Düsseldorf überhaupt, nahe läge, in einer Bank) am Stadtgraben auf der Königsallee eine Art Erweckungsereignis stattgefunden haben, das Wellen bis nach Köln schlug: Kölns Oberbürgermeister Dr. Konrad Adenauer, zu Besuch bei seinem Kollegen vierzig Kilometer rheinab, Dr. Robert Lehr, und kurz auf einer Kö-Bank rastend, war so beeindruckt von der großstädtischen Grünoase, dass er für sein Köln etwas Ähnliches haben wollte. Der Plan, am Kölner Militärring einen Grüngürtel anzulegen, keimte und wurde schließlich ausgeführt.

Folgende wahre Geschichte ist allerdings auf dem Militärring unvorstellbar. Nach der Währungsreform, nach dem Ende des Schwarzmarktes wurde die westliche, die so genannte stille Seite der Kö zu einem Markt anderer Art, zum Markt der wahrhaft freien Liebe. Man könnte auch von wehrhaft freier Liebe sprechen. Denn eine Dame, der ein aufdringlicher Freier nicht passte, befreite sich mit sicherem Griff von einem Stöckelschuh und schlug ihn dem Freier auf den Kopf, in dem er, der Schuh, nicht der Freier, stecken blieb. Fortsetzung der Pferdeäpfel-Aktion 100 Jahre vorher mit anderen Mitteln.

GERDA KALTWASSER

Spoerri – ein Köln-Düsseldorfer Künstlerschicksal

Nur keine Sentimentalitäten. Das sagt sich so leicht. Aber wenn es um Erinnerungen geht, kommt man um ein paar Wehmutstränen nicht herum. Nicht, weil wir damals jung waren und heute alt sind. Das wird durch den Reichtum an Erfahrungen mehr als wett gemacht.

Ach ja? Dann dürfte es jetzt keine Wehmut geben, nicht in Düsseldorf und auch nicht 40 Kilometer südlich, in Köln. Denn die Erfahrung lehrt uns, dass wir nichts auf Dauer lernen, wohl auch nichts auf Dauer schaffen. Da ist der Fall Spoerri, der auch ein Fall Düsseldorf ist, und zwar so, wie er nie ein Fall Köln werden kann, obwohl doch der Künstler Daniel Spoerri sehr viel länger in Köln als in Düsseldorf gelebt und gewirkt hat. Wahrscheinlich weiß er gar nicht, dass er in Düsseldorf ein Fall ist.

Übrigens, die meisten Düsseldorfer, schätzungsweise neunundneunzig Prozent, wissen auch nicht, dass es einen Fall Spoerri / Düsseldorf gibt. Ähnlich hoch wird der Prozentsatz der Düsseldorfer sein, die nicht wissen, dass Daniel Spoerri »Fallenbilder« geschaffen hat, etliche davon in Düsseldorf, dass er durch seine Fallenbilder weltberühmt wurde und dass es ein berühmtes Fallenbild im Düsseldorfer Kunstmuseum gab, das es jetzt nicht mehr gibt; das Museum nämlich. Das Fallenbild gibt es noch und ist in der Stiftung Museum-Kunst-Palast wieder zu sehen.

So, wer nach diesen rätselhaften Vorbemerkungen noch Lust hat, weiterzulesen, dem sollen die Rätsel entschlüsselt werden:

Wir schreiben das Jahr 1970. Den meisten fallen dazu Studentenbewegung und APO ein, den Düsseldorfern vielleicht noch der Name Joseph Beuys. Den Namen kennen am Rein 40 Kilometer nördlich von Köln sogar Leute, die vor jeder Galerie und jedem Kunstmuseum Pickel oder Heuschnupfen kriegen. »Wenn ich das Wort Kultur hör', wird et mich schon schlecht«, pflegte dort ein städtischer Dezernent zu sagen, der für Feuerwehr und Grünanlagen zuständig war und übrigens derselben Partei angehörte wie ein heute legendärer Kulturdezernent. Aber das ist eine ganz andere Geschichte.

Düsseldorf galt als Hauptstadt der zeitgenössischen bildenden Kunst, nur konkurrierend mit New York. Das lag nicht nur an seiner Kunstakademie. Es lag vor allem an den Künstlern, Nam June Paik etwa, Marcel Broodthaers, Diter Rot, Jean Tinguely, Richter, Grabner, Luginbühl, Arman. Die schienen in Düsseldorf auf mehr Menschen mit offenen Brieftaschen und offenen Augen für Experimente zu treffen als anderswo.

Jetzt kommt Daniel Spoerri ins Spiel. Er fand Förderer für seine Idee, in der Düsseldorfer Altstadt, die damals viel von »Swinging London« hatte, ein Restaurant mit Galerie zu schaffen, eine Galerie für seine »Eat Art«, essbare Kunst, wo es auch was zu verzehren gab (»Kunst geht nach Brot«) – das »Spoerri«. Daniel backte Kunst aus Brotteig, backte süße Plätzchen mit Haschisch nach alten marokkanischen Rezepten, Daniel kaufte ein paar Kilo als Block tiefgefrorene Hahnenkämme. Aber hierzu fiel ihm ein Kunstwerk nicht ein. Die abgekochten aufgetauten Hahnenkämme erwiesen sich als geschmacklos. Wir schälten sie mühsam aus ihrer roten Haut und verarbeiteten sie zu Sülze. Aber die war auch kein Erfolg, im Gegensatz etwa zur Sopa de Angulas, einer köstlichen Tomatensuppe mit streichholzgroßen Meeresfischchen, die in Spanien wie Pommes frites geröstet werden.

Kurz bevor Spoerri nach Köln wechselte und Düsseldorf langsam, aber sicher seinen Ruf als Welthauptstadt der modernen Kunst verspielte, entstand eines von Spoerris »Fallenbildern«, ein Tisch mit abgegessenen Tellern, halb leeren Biergläsern, vollen Aschenbechern und halb gerauchten Zigaretten, die Daniel für die Ewigkeit fixierte und das im

»Créamcheese« unter die Decke gehängt wurde. Das war Spoerris Beitrag zu jener berühmten Kneipe, für die Günter Uecker einen Nagel, Adolf Lutter Spiegelobjekte schuf, in der Joseph Beuys immer wieder Aktionen der bewusstseinserweiternden Langsamkeit zelebrierte. Als die Kneipe nach etlichen Jahren schloss, Zeiten und Kunst hatten wir geändert, da wanderte die Einrichtung als Gesamtkunstwerk ins Kunstmuseum Düsseldorf. Nun wird sie in der neuen Stiftung mit dem seltsamen Namen Museum-Kunst-Palast wachgeküsst.

Aber Spoerris Eat-Art-Kneipe mit den vielen alten Kochbüchern, mit den Objekten an den Wänden, zu denen auch der Scheck über ein nicht eben fürstliches Trinkgeld zählte, den ein kunstsinniger Gast und Bänker in Ermangelung von Kleingeld ausgeschrieben hatte, zu denen auch die Fassade zum Burgplatz hin gehörte, ist nicht zu Museumsehren gekommen. Und all die Künstler aus aller Welt, die sich abends bei Spoerri trafen, sie sind bei neunzig Prozent nicht nur der Düsseldorfer vergessen. Aber wenn sie nicht gestorben sind, dann leben sie noch heute.

DIETER HÖSS

Der Unterschied

Welch schreiendes Unrecht
dem Imi in Köln widerfährt,
erkennt jeder, wenn er erst einen
Pimok trifft.

Sind Imis nicht häufig
die besseren Kenner Kölner Kirchen,
die besesseneren Karnevalisten,
die besten Kölschen überhaupt?

Wie anders der Pimok!
Er bleibt stur, was er war, als er
herkam, macht keinerlei Abstriche,
schließt nie Kompromisse,
spielt einfach nicht mit.

Nicht leicht zu begreifen
in einer Stadt, in der mitzuspielen
die Hauptsache ist bei dem Spiel,
das sich Klüngel nennt.

Die Autoren

JÜRGEN BENNACK

Geb. 1941 in Köln; Industriekaufmann, Abitur am Abendgymnasium; verh., zwei Kinder; Prom. Bonn 1975, Habil. Köln 1988; Verfasser mehrerer Bücher und Aufsätze zur Geschichte von Schule und Unterricht, Erziehung, Unterrichtsmethoden und Lehrerausbildung; Professor für Allgemeine Didaktik und Schulpädagogik an der Universität zu Köln; lebt und arbeitet in Köln.

GERTRUD VON BESCHWITZ

Geb. in Köln-Niehl und noch heute dort wohnhaft; Dipl.-Bibliothekarin, Hauptschul- und Realschullehrerin (Deutsch, ev. Religionslehre, Kunst); Vorsitzende in Staatsprüfungen für Lehrämter.

INGEBORG DREWS

Geb. 1938 in Köln; Studium Malerei, Grafik, Kunst und Design in Köln und Paris, in Kunsttherapie und Psychologie Universität Köln, Englisch und Französisch. Veröffentlichung von Gedichten (u.a. 1989 *Pendragon*, 1999 *Grupello*) und Aufsätzen; Rundfunksendungen, Prosa und Gedichte, Deutsch, Englisch, Spanisch, Slowenisch bei Deutsche Welle, DLF und Radio LVDR, Ljbljana, Jugoslawien. Preise: Satire-Preis für Grafik, Sofia 1989; Federkiel, Dormagen 1990 (Lyrik); Satyrykon, Legnica/Polen 1999 u. 2001. Lebt und arbeitet als Lyrikerin und Autorin in Köln.

KARIN FRUTH

Geb. 1950 in Bad Segeberg; Apothekenhelferin, Familienpflegerin, verh. seit 1971 – mit demselben Mann; seit Oktober 1999 tätig in der Synagogen-Gemeinde Köln; außerdem Organisatorin von über 80 Kunstausstellungen »TRAdeArt« für Künstler aus Osteuropa. Lebt und arbeitet (auch als Schriftstellerin) in Köln.

GERTRUD GEIMER, GEB. ERNST

Geb. in Köln; aus politischen Gründen (Nichtmitgliedschaft im BDM) Abgang aus der Oberprima, Dolmetscherin; verh. seit 1951 mit Professor Dr. Alfred Geimer (†); Verf. etlicher ›Verzällcher‹ und der Sammlung »För jede jet«. Lebt und arbeitet in Köln.

GERHARD HERKENRATH

Geb. 1934 in Siegburg, dort 1954 Abitur; bis 1956 Studium der Philologie, dann Theologie in Bonn, Innsbruck und Köln. 1962 Empfang der Priesterweihe in Köln. Kaplan in Köln, Lehrer für Religion, Latein und Sport in Beuel; Stadtjugendseelsorger und Studentenpfarrer in Wuppertal. 1971 bis 2000 Professor an der katholischen Fachhochschule in Köln. Seit 1979 Pfarrer an St. Alban, Köln-Mitte. Karnevalskontakte: Feldkaplan im Reiterkorps Jan von Werth und bei den Blauen Funken.

DIETER HÖSS

Geb. 1935 in Immenstadt/Allgäu; Abitur am Abendgymnasium Köln; Grafiker; Beiträge (vor allem satirische Gedichte) u.a. im »Simplicissimus«, »DIE ZEIT«, »stern«, »Süddeutsche Zeitung«, »Kölner Stadt-Anzeiger«, »Frankfurter Rundschau« und im Rundfunk. Freier Autor in Köln.

GERDA KALTWASSER

Geb. 1930 in Düsseldorf. Ist seit 50 Jahren Journalistin in ihrer Heimatstadt, war von 1956 bis 1990 Lokalredakteurin erst bei der »NRZ«, später bei der »Rheinischen Post«. Ihr Interesse gilt der Lokal- und Regionalgeschichte, dem Leben und Werk Heinrich Heines, vor allem aber den aktuellen Entwicklungen in der Literatur, der bildenden Kunst und im Theater.

PETER HEINRICH KRONEN

Geb. 1921 in Rheydt; Abitur am Stift.-Humanist.-Gymnasium Mönchengladbach; Studien in Aachen, Köln, Ohio (USA); verh. mit Elisabeth, geb. Ruland, Konrektorin; Kinder: Daniel (Jurist), Judith (Ärztin), Peter (Veterinär-Mediziner); Lehrer an Volks- und Realschulen; Promotion 1967 Köln; Hochschullehrer in Freiburg, Bonn, Köln (Dekan der EW-Fakultät 1985–1987); Verfasser und Herausgeber mehrerer Schriften, u.a. Edition K.W.E. Mager, Ges. Werke in 10 Bänden 1984-1991; Professor em. für Allgemeine Didaktik und Schulpädagogik an der Universität zu Köln.

WOLFGANG OELSNER

Geb. 1949, Schulleiter. Psychotherapeut und Autor in Köln mit musikalischer Selbsterfahrung zwischen Gürzenich und Festzelt Dünnwald. Tünnes und Schäl lagen bei ihm auf der Couch, Hänneschen und Bärbelchen gehen bei ihm ›en de Schull‹. In zahlreichen Medien publizierte er seine Beobachtungen. Standardwerk: »Karneval ohne Maske« (mit R. Rudolph).

PETER RICHERZHAGEN
Geb. 24.12.25 em Dünnwal (Schäl Sick, Köln – Asien) – div. Scholle – Seemann – Lehrer – Regges Montessorischoll – pangkseneet – veer Pute un en »Chefin«, die Medde vum Lade wor – Nevvebei: e beßje jeck op Kölle! – metjearbeit: »Dem Här zor Ihr«, Kölsche Audioführung em Stadtmuseium, de eeschte Messe op Kölsch.

GERHARD UHLENBRUCK
Geb. 1929 in Köln (gezeugt im Dom-Hotel); Dr. med. und Dr. humoris causa (Dülken); Forschungsarbeiten (Immunologie) und Schriftsteller (Kurzgeschichten, Essays und 26 Aphorismen-Bücher); em. Professor und Direktor des Instituts für Immunbiologie der Universität zu Köln, lebt, arbeitet und läuft (ausdauernd) in Köln.

Abbildungsverzeichnis

Die Seite aus dem Programmheft (S. 86) und das Porträtfoto von Klaus Rohr (S. 91) stammen aus dem Nachlass von Klaus Rohr und wurden von H. Kronen, dem Verfasser von »Der Divertissementchenmacher« zur Verfügung gestellt.

Die Porträtzeichnung von Irmgard Keun (S. 67) wurde von Ingeborg Drews, der Verfasserin von »Die kecke Keun, die zu uns kam …«, angefertigt.

Alle übrigen Fotos im Buch stammen von Ingeborg Drews.

Kontakte (zum Beispiel für Lesungen)
sind über den Verlag herzustellen.